Autor _ Heine

Título _ O Rabi de Bacherach e três artigos sobre o ódio racial

Copyright _ Hedra 2009

Tradução© _ Marcus Vinicius Mazzari

Título original _ Der Rabbi von Bacherach

Corpo editorial _ Adriano Scatolin, Alexandre B. de Souza, Bruno Costa, Caio Gagliardi, Fábio Mantegari, Iuri Pereira, Jorge Sallum, Oliver Tolle, Ricardo Musse, Ricardo Valle

Dados _

Dados Internacionais de Catalogação na Publicação (CIP)

H331 Heine, Heinrich (1797–1856)
O Rabi de Bacherach. / Heinrich Heine. Organização e tradução de Marcus Vinicius Mazzari. – São Paulo: Hedra, 2009. (Estudos Libertários). 128 p.

ISBN 978-85-7715-131-8

1. Literatura Alemã. 2. Romance Histórico. 3. Religião. 4. Judaismo. 5. Ódio Racial. 6. Antissemitismo. I. Título. II. Série. III. Mazzari, Marcus Vinicius, Tradutor.

CDU 830
CDD 833.7

Elaborado por Wanda Lucia Schmidt CRB-8-1922

EDITORA HEDRA LTDA.

Endereço _ R. Fradique Coutinho, 1139 (subsolo) 05416-011 São Paulo SP Brasil

Telefone/Fax _ +55 11 3097 8304

E-mail _ editora@hedra.com.br

Site _ www.hedra.com.br

Foi feito o depósito legal.

Autor _ Heine

Título _ O Rabi de Bacherach e três artigos sobre o ódio racial

Organização e tradução _ Marcus Mazzari

São Paulo _ 2009

hedra

Heinrich Heine (Düsseldorf, 1797–Paris, 1856) é um dos maiores nomes da literatura alemã. Seus primeiros poemas são publicados já em 1817, num jornal de Hamburgo. Em 1824 surge a coletânea lírica *Trinta e três poemas*, na qual se inclui a canção "Loreley", uma das mais célebres de toda a literatura alemã. Neste mesmo ano faz uma viagem a pé pela região do Harz (norte da Alemanha), e em seguida visita Goethe em Weimar. Dois anos mais tarde publica a narrativa *Viagem pelo Harz*, elaboração poética das observações, experiências e reflexões feitas durante a caminhada. Em outubro de 1827 vem a lume novo volume lírico, *Livro das canções*, acolhido entusiasticamente pela juventude alemã, e que se torna, ao longo dos anos, uma fonte de inspiração para vários compositores de *Lieder* (canções). Em 1831, após concluir a quarta e última parte de seus *Quadros de viagem*, emigra para Paris, de onde passa a enviar artigos para um influente jornal liberal alemão (*Augsburger Allgemeine Zeitung*). Com suas obras, artigos e intervenções busca promover o intercâmbio cultural e a aproximação entre a França e a Alemanha, como atestam as seguintes palavras de Balzac: "Heine representa em Paris o espírito e a poesia da Alemanha, assim como encarna na Alemanha a crítica francesa mais viva e espirituosa". Depois de 12 anos de ausência, retorna à Alemanha para visitar sua mãe em Hamburgo. Elabora as impressões de viagem no longo poema *Alemanha, um conto de inverno*, obra considerada por muitos como a maior sátira da literatura moderna. Em 1840, o governo francês concede-lhe uma pensão no valor de 400 francos mensais, o equivalente ao salário de um professor universitário bem remunerado, mas apesar de seu prestígio na França, Heine tem a prisão decretada em vários estados da Alemanha e suas obras são cada vez mais visadas pela censura. Em 1848, a já abalada saúde do autor piora sensivelmente e a partir de então se vê preso ao que chamou de sua "cripta de colchões", vítima de uma doença degenerativa que provoca dores atrozes, obrigando-o a tomar altas doses de morfina. Contudo, sua produção literária prossegue intensa até os últimos dias de vida. Falece em 17 de fevereiro de 1856 e três dias depois é sepultado no cemitério de Montmartre.

O Rabi de Bacherach Heine começou a compor como projeto de romance histórico, no início de 1824, durante um período de bastante contato com a história e a cultura do povo judeu. O ensejo imediato para a narrativa foi a sua intenção de contrapor-se à escalada de antissemitismo que se manifestava então na Alemanha e promover o intercâmbio e o diálogo entre as culturas alemã e judaica. O enredo de *O Rabi de Bacherach* é situado no final do século XV, mas o narrador remonta também a séculos anteriores para tocar nas raízes históricas do antissemitismo na Alemanha. Apesar de seu entusiasmo pelo projeto, Heine não conseguiu vencer a amplitude e a aspereza do assunto, publicando a narrativa, como "fragmento de romance", em 1840 no 4º volume da série intitulada *Salon*. Entretanto, mesmo em seu caráter fragmentário, a obra constitui expressivo exemplo da arte narrativa de Heine e é o documento mais elucidativo de sua flutuante relação com o judaísmo. Os três textos publicados como apêndice enfocam a questão do fanatismo religioso e foram extraídos do volume *Lutetia*, em que Heine enfeixou 61 artigos escritos em Paris entre fevereiro de 1840 e maio de 1844, bem como quatro "anexos" dos anos 1843 a 1846. Esse volume, que constitui verdadeira obra-prima da prosa jornalística, foi publicado em alemão em 1854, com o subtítulo *Relatos sobre arte, política e vida social*, que recebeu, poucos meses depois, uma edição francesa (*Lutèce. Lettres sur la Vie politique, artistique et sociale en France*), para a qual Heine escreve o célebre prefácio em que comenta o advento do comunismo.

Marcus Vinicius Mazzari é professor de Teoria Literária na Universidade de São Paulo. Traduziu para o português textos de Walter Benjamin, Bertolt Brecht, Adelbert von Chamisso, Thomas Mann, Günter Grass, Goethe, entre outros. Organizou uma edição bilíngue da primeira e segunda partes de *Fausto*, de Goethe (Trad. J. K. Segall, Editora 34, 2004/2007). Publicou ainda, entre outros trabalhos, *Romance de formação em perspectiva histórica* (Ateliê, 1999) e *Die Danziger Trilogie von Günter Grass. Erzählen gegen die Dämonisierung deutscher Geschichte* (Berlim, 1994).

SUMÁRIO

INTRODUÇÃO

A GRANDE ADMIRAÇÃO que Machado de Assis tinha pela prosa de Heine vem à tona em sua primeira crônica de 1894, a qual se abre justamente com um adeus ao ano velho: "*Sombre quatre-vingt-treize!*" Era lamentável que Heine, especula o cronista, não estivesse ainda vivo para comentar o advento do anarquismo, pois o faria melhor do que ninguém: "Mas Heine, que veio ao mundo no próprio dia 1º de janeiro de 1800, bem podia ter vivido até 1899, e contar tudo o que se passou no século, com a sua pena mestra de *humour*... Oh! página imortal!"

Machado comete um erro quanto à data de nascimento do autor celebrado, mas a culpa não é sua e sim do próprio Heine, que sempre procurou estilizar-se como um dos primeiros homens do século que Victor Hugo chamaria mais tarde de "grande e forte". Numa nota autobiográfica que sobrepõe a "verdade poética" à estrita realidade factual, escreveu: "Em volta de meu berço brincaram os últimos raios lunares do século XVIII e a primeira aurora do século XIX".

Tendo um incêndio destruído documentos e certidões da família Heine, declarações como essa fizeram vigorar por largo tempo, entre estudiosos e biógrafos do poeta, muita controvérsia em torno da efetiva data de seu nascimento. Hoje, contudo, é largamente aceito (mas não indiscutível) que o menino Harry Heine (o nome Heinrich só se oficializou com o seu batismo na igreja protestante em 1825) tenha vindo ao mundo no dia 13 de dezembro de 1797, numa tradicional família judaica de Düsseldorf, cidade renana que de 1795 a 1813 – período, portanto, que compreende os seus anos de infância – esteve sob domínio napoleônico, o que muito favoreceu a integração social dos judeus.

Contudo, a verdade poética de Heine quer que o seu berço bifronte tenha sido iluminado pelo último luar do século XVIII: assim podemos conceber o poeta que reivindicou para si o título de "derradeiro romântico", o autor do *Livro das canções* (1821), um dos maiores sucessos líricos de todos os tempos, o poeta tão amado por Schubert, Schumann, Mendelssohn, Brahms e tantos outros compositores, mas também por Friedrich Nietzsche, que em seu livro *Ecce homo* declara ter recebido de Heine o "mais elevado conceito de poeta lírico", afirmando ainda procurar em vão, ao longo de toda a história da poesia, por uma música "igualmente doce e apaixonada". Esse "derradeiro romântico" é também o autor da canção "Loreley" que, musicada em 1831 por Friedrich Silcher, ganhou incomparável popularidade, tornando-se tão célebre que experimentou a questionável honra de ser incluída numa antologia lírica nacional-socialista, mas com o adendo "autor desconhecido".

Mas Heine apresenta-se também como um dos primeiros a ser banhado pela luz do século XIX e podemos pensar aqui no poeta que, legítimo precursor de um Brecht ou Maiakóvski, denunciou com insuperável ironia o tráfico escravo em seu "O Navio Negreiro", poema do qual diz o Conselheiro Aires, no último romance de Machado, ter perpetuado a nódoa que marca o nome do Brasil. Ou podemos pensar ainda, entre vários outros de seus *Zeitgedichte* (poemas dedicados a assuntos contemporâneos), no poema "Os tecelões da Silésia", extraordinário panfleto revolucionário que deve sua gênese a uma sublevação operária ocorrida em junho de 1844 e que, com o seu vigoroso ritmo imitativo do trabalho dos operários junto ao tear mecânico, converteu-se no hino que abria toda sessão da Liga dos Comunistas em Londres, como escrevia a Heine em 1847 um de seus líderes. E, nesse mesmo ano, o tradutor francês dos "Tecelões" ("Les Tisserands") observava numa nota que essa canção se tornara a Marselhesa dos trabalhadores alemães: "*Cette chanson est devenue la Marseillaise des ouvriers allemands*".

Não foi, porém, apenas em versos que Heine se revelou lúcido contemporâneo do século cuja aurora teria coincidido com a sua chegada ao mundo, como pretende a mencionada nota autobiográfica. Estabelecendo-se na capital francesa em 1831 num exílio de início voluntário (logo depois, contudo, o retorno à Alemanha não lhe é mais possível), Heine torna-se correspondente de um influente diário liberal de Augsburgo (*Augsburger Allgemeine Zeitung*), e assim nasce um dos mais extraordinários publicistas de todos os tempos – nas palavras do crítico Marcel Reich-Ranicki, "o mais significativo jornalista entre os poetas alemães e o mais famoso poeta entre os jornalistas do mundo todo". Seus artigos lêem-se ainda hoje como verdadeiras obras-primas da prosa jornalística e grandes temas do século XIX são abordados com incomparável argúcia, mas também sempre com muita verve e o *humour* ressaltado por Machado em sua crônica. E se é verdade que Heine não tratou do anarquismo moderno em sua especificidade, o advento do comunismo torna-se objeto de uma aguda reflexão no prefácio que escreveu ao volume *Lutetia* (ou *Lutezia*, na grafia original do autor: nome latino de Paris), o qual enfeixa artigos escritos entre fevereiro de 1840 e maio de 1844: ao mesmo tempo que saúda a entrada em cena do "colosso" comunista, Heine – que, aliás, em 1844 teve estreita convivência com o jovem Marx – exprime as mais profundas inquietações e alerta para deformações que sete décadas mais tarde o stalinismo começaria a converter em realidade. Digno de nota é também um artigo de outubro de 1832, inserido na série "Situações Francesas" (*Französische Zustände*), em que o autor delineia relações entre escravidão e liberalismo, e procura demonstrar que este, a rigor, não existiria plenamente nem sequer nos centros mais avançados. Comentando escritos do conde Moltke sobre liberdade de comércio, nos quais se exprimem as posições mais liberais, Heine observa:

> Há uma coisa curiosa com esses nobres! Mesmo os melhores entre eles não conseguem desvincular-se dos seus interesses de nascimento. Na maioria dos casos eles podem pensar liberalmente, talvez de modo ainda mais independe e liberal do que os plebeus, talvez mais do que estes amar a liberdade e sacrificar-se por ela – mas não são nada receptivos em relação à igualdade civil. No fundo nenhum ser humano é inteiramente liberal, apenas a humanidade o pode ser, pois um indivíduo possui a por-

ção de liberalismo que falta ao outro e, desse modo, as pessoas complementam-se em sua totalidade da maneira mais eficaz. O conde possui certamente a mais firme convicção de que o tráfico negreiro é algo ilegal e abominável, e vota seguramente em favor de sua abolição. Já Mynheer van der Null, um mercador de escravos que eu conheci sob as arvorezinhas em Roterdã,[1] está, ao contrário, inteiramente convencido de que tráfico negreiro é plenamente natural e decente, ao passo que prerrogativas de nascimento, privilégios hereditários, nobreza, constituem algo injusto e absurdo, que todos os homens honestos têm a obrigação de abolir.

Outro tema que adquire expressivo relevo nos artigos heinianos diz respeito ao antissemitismo e fanatismo religioso. Ensejo imediato para essa série de artigos redigidos em 1840 foi um *pogrom* deflagrado em Damasco pelo cônsul francês Ratti-Menton. Analisando friamente cada detalhe da ação do diplomata, assim como os subseqüentes desdobramentos na capital síria e as reações dúbias do governo francês, Heine começa a perceber os novos contornos que o antigo ódio cristão aos judeus vai assumindo e, desse modo, a intuir sua transição – conforme observou Günter Grass – para a "organizada loucura racial do antissemitismo". Mas os acontecimentos de Damasco também inauguram uma nova etapa na intrincada história do relacionamento de Heine com o judaísmo, estimulando-o ao mesmo tempo a retomar um projeto romanesco que havia abandonado cerca de quinze anos atrás: *O Rabi de Bacherach*, exatamente a narrativa que esta edição vem

[1] Heine alude jocosamente à rua *Boompjes*, "arvorezinhas" em holandês.

oferecer ao leitor brasileiro em nova tradução, seguida de três artigos que, dedicados ao *pogrom* damasceno, descortinam uma vista para essa extraordinária prosa jornalística.

Heine concebeu o projeto de um romance histórico que fosse ao mesmo tempo uma enciclopédia épica do destino judaico na sociedade feudal em abril ou maio de 1824. O jovem literato encontrava-se então sob o influxo de uma estada em Berlim marcada por intensa participação nas atividades promovidas pela "Associação para a Cultura e Ciências dos Judeus" (*Verein für Kultur und Wissenschaften der Juden*). Tal associação fora fundada em 1819 por intelectuais de origem judaica que se empenhavam em fazer frente à escalada de antissemitismo que se verificava na Alemanha nesse período dominado pela política da Restauração – um exemplo é a revogação na Prússia, imediatamente após a derrota de Napoleão, do chamado Edito da Tolerância, promulgado em 1812 e que facultava aos judeus acesso à carreira universitária e demais cargos públicos. O principal objetivo dos intelectuais engajados nesse projeto era, assim, desfazer preconceitos e promover uma convivência tolerante entre as culturas alemã e judaica: "favorecer o advento de uma época em que ninguém mais pergunte na Europa quem é judeu e quem é cristão", segundo a formulação de um de seus fundadores, o jurista Eduard Gans.

Embora Heine se definisse por essa época como "indiferentista", adversário de toda religião positiva (e avesso, portanto, tanto ao judaísmo quanto ao cristianismo), ele identifica-se com as propostas da associação berlinense, assume tarefas práticas enquanto professor de alemão, francês e história, e promete ao historiador Leopold Zunz, editor da *Revista para a Ciência do Judaísmo*, um ensaio sobre a "grande dor judaica". Ao seu amigo Moses Moser escreve em agosto de 1823: "Confesso que me posicionarei entusiasticamente em prol dos judeus e de sua equiparação social; e em tempos ruins, que serão inevitáveis, o populacho germânico ouvirá a minha voz, de tal modo que ecoará nos palácios e cervejarias alemãs".

Entretanto, após o seu retorno à cidade de Göttingen, onde fazia o curso de jurisprudência, decide dar um tratamento literário ao tema proposto e, movido por essa intenção, mergulha no estudo de obras referentes ao judaísmo. Numa carta datada de 25 de outubro de 1824, comunica a Moser ter avançado significativamente na redação do *Rabi de Bacherach*, e acrescenta:

> Mas ele ficará bastante extenso, será certamente um grosso volume, e com indescritível amor venho acalentando essa obra em meu peito. Pois ela nasceu, de fato, apenas do amor e não da vã sede de glória. Pelo contrário, se eu fosse dar ouvidos à opinião geral, eu não a escreveria de modo algum. Estou vendo de antemão quantas portas vou fechar com isso e as hostilidades que provocarei. Mas, exatamente por nascer do amor, haverá de ser um livro imortal, uma eterna chama na catedral de Deus, e não uma luz de teatro crepitante e fugaz. Apaguei desse livro muita coisa já escrita, e somente agora logrei dominar o todo.

No entanto, a partir do patamar atingido no final de 1824, os esforços de Heine no sentido de desbastar o vasto material histórico pesquisado e integrá-lo na narrativa não obtêm mais nenhum avanço significativo. O seu fôlego épico não se revela propriamente de longo alcance, e sinais de exaurimento não demoram muito para manifestar-se. E às dificuldades que enfrenta enquanto narrador vêm somar-se ainda fatos exteriores, como a dissolução, em meados de 1825, da "Associação para a Cultura e Ciências dos Judeus" e, logo em seguida, sua conversão um tanto pragmática ao protestantismo (a certidão de batismo é caracterizada por ele como seu "*Entreebillet* para a cultura européia"). Mesmo assim, as cartas enviadas a Moses Moser pelos meses seguintes continuam a atestar um entusiasmo inquebrantável pelo seu romance histórico: em julho de 1825, Heine diz estar convicto de que somente ele poderá escrever essa obra que deverá ser considerada como "fonte" por todos os séculos vindouros.

As intenções, porém, permanecem distantes da concretização, e de 1826 em diante Heine vai se distanciando cada vez mais daquele projeto inicial de escrever uma obra imortal sobre "a grande dor judaica". Por um lado, ele encontra na prosa ágil e espirituosa de seus *Quadros de viagem* um meio mais eficiente de expressão literária; por outro lado, as transformações que se dão com suas concepções políticas e sociais têm implicações também para sua postura perante o judaísmo. Sem deixar em momento algum de solidarizar-se com os judeus discriminados, ele passa a enxergar a questão, de maneira crescente, num contexto mais amplo de opressores e oprimidos, e sua solução é inserida no movimento de emancipação da humanidade. No vigésimo nono capítulo da "Viagem de Munique a Gênova", publicada na terceira parte dos *Quadros de viagem*, ele declara ser a emancipação a grande tarefa da época:

Não apenas a dos irlandeses, gregos, judeus de Frankfurt, negros da América Central e demais povos oprimidos, mas sim a emancipação do mundo inteiro, especialmente da Europa, que atingiu a maioridade e se desprende dos férreos laços dos privilegiados, da aristocracia. E, por mais sutis que sejam as cadeias de silogismos forjadas por alguns filósofos renegados da liberdade para nos provar que milhões de seres humanos foram criados como animais de carga para alguns milhares de cavaleiros privilegiados, eles não nos convencerão disso enquanto não demonstrarem, como diz Voltaire, que aqueles vieram ao mundo com selas sobre as costas e os últimos com esporas nos pés.

Nova inflexão no relacionamento de Heine com o judaísmo adveio, conforme mencionado, com o *pogrom* desencadeado pelo cônsul francês em 1840. Volta então a concentrar-se na especificidade do antissemitismo, redige a série de artigos sobre os acontecimentos de Damasco, retorna ao manuscrito do *Rabi*, acrescenta-lhe alguns novos trechos e se decide finalmente, dezesseis anos após ter iniciado o projeto, a publicá-lo como "fragmento de romance" no quarto e último volume de seu *Salon*, uma série que criara em 1834 para dar vazão a escritos esparsos (e intitulada segundo o salão do Louvre destinado a exposições de artistas contemporâneos).

Assim veio a lume essa obra que, pode-se dizer, representou um verdadeiro calvário para o narrador Heine. Pois outra adversidade sofrida pelo "pobre Rabi" (como algumas vezes o chamou) foi o incêndio ocorrido na casa de sua mãe, em Hamburgo, no ano de 1833, o qual destruiu vários manuscritos que ali deixara guardados antes de emigrar para a França. Nunca se soube exatamente em que medida o *Rabi* foi atingido pelo incêndio, mas é possível afirmar com segurança que o texto jamais esteve concluso, devendo-se, portanto, relativizar a explicação que o autor oferece para a interrupção abrupta da narrativa. A crítica é também unânime em reconhecer que o terceiro capítulo, que tanto em seu teor quanto no aspecto estilístico se diferencia nitidamente dos dois anteriores, foi escrito (ou, ao menos, reelaborado) somente em 1840, para conferir certo arredondamento ao texto a ser publicado.

Desse modo, se já no segundo capítulo cristãos e judeus de Frankfurt são retratados com muita ironia, no terceiro essa tendência se reforça sobremaneira, e o leitor poderá encontrar também indícios mais sugestivos da direção que a narrativa possivelmente tomaria. Evidencia-se que a figura do cavaleiro espanhol, a quem "os sombrios nazarenos obcecados pelo sofrimento" são tão repulsivos quanto "os ressequidos hebreus sem alegria", foi concebida de modo a encarnar motivos que deveriam ser desdobrados na segunda parte do romance, provavelmente por um período de sete anos (recorrente na narrativa, em consonância com a tradição bíblica) e em terras espanholas ou talvez americanas: para essa direção aponta uma observação de Heine referente à coincidência, em 1492, entre a expulsão dos judeus da Espanha e a descoberta da América. Além disso, o diálogo travado, nesse terceiro capítulo, entre Don Isaac Abarbanel e Rabi Abraão remete a questões com as quais Heine, próximo então a um ateísmo mesclado com elementos panteístas, defrontava-se teoricamente, por exemplo, a contraposição entre sensualismo e espiritualismo – ou, nos termos do próprio autor, entre um "helenismo" voltado aos prazeres e impressões sensuais e um ascético "nazarenismo" (*Nazarenertum*).

O Rabi de Bacherach permite assim não apenas conhecer mais de perto as mudanças por que passou a postura de seu autor diante do judaísmo (e da religião em geral) ao longo desses dezesseis anos, como também abre acesso privilegiado para a compreensão de um aspecto fulcral de toda a história alemã. A vastidão e a aspereza do tema impediram Heine de concluir o projeto épico concebido na juventude, mas mesmo enquanto fragmento o *Rabi* possui caráter autônomo e desde a sua publicação nunca deixou de inquietar os leitores.

Em 1894, o dramaturgo e diretor teatral Karl Weiser realizou uma adaptação da narrativa para o Teatro da Corte de Weimar e em 1913 um autor de nome Max Viola deu-lhe continuidade e a levou a um desfecho mirabolante, atando de maneira forçada todos os fios que Heine deixara soltos. De grande valor artístico é o ciclo de 16 litogravuras com que Max Liebermann, aos 75 anos de idade, ilustrou uma edição do *Rabi* publicada em 1923, num dos momentos mais felizes de integração entre artes gráficas e texto literário. Quanto às interpretações teóricas suscitadas pelo fragmento heiniano, merecem especial menção o trabalho de doutorado apresentado em 1907 pelo futuro autor de romances históricos Lion Feuchtwanger, o qual, a exemplo do herói da narrativa (assim como do próprio Heine), também passaria pela experiência do exílio, e o prefácio, ao mesmo tempo erudito e engajado, escrito por Erich Loewenthal, para uma edição do *Rabi* que ainda pôde ser publicada em Berlim no ano de 1937: vítima do *pogrom* nacional-socialista, esse importante crítico (conceituado nome na filologia sobre Heine e Platão) perderia a vida em 1944 no campo de extermínio de Auschwitz.

Expressiva homenagem coube ainda ao *Rabi de Bacherach* por intermédio do romancista alemão do pós-guerra Günter Grass. Num texto de 1979, "Como dizer aos nossos filhos?", o autor do célebre romance *O tambor de lata* submete o fragmento de Heine a uma leitura ao mesmo tempo política e literária, comentando ainda a tentativa que empreendera na juventude no sentido de dar-lhe prosseguimento e incorporar ao desfecho a experiência histórica do holocausto nacional-socialista – isto é, levar Rabi Abraão e sua mulher Sara não para a Frankfurt do final da Idade Média, mas para a dos anos 30 do século passado. Embora fracassada, a tentativa teve significado fundamental para sua formação enquanto romancista:

> sem que eu tivesse encontrado qualquer ponto de sustentação, ficara obcecado pela idéia de concluir o fragmento de Heine *O Rabi de Bacherach*. A ironia romântica de Heine instigou-me a assumir uma posição de contraponto. Seu fracasso diante de material tão amplo fez-me ambicioso. Hoje eu sei que, sem o desvio pela Bacherach de Heine, eu não teria encontrado o acesso à história dos judeus de Danzig.

Essa observação refere-se mais diretamente à gênese do livro *Do diário de um caracol* (1972); considerando-se, porém, o papel que personagens judias e o tema do antissemitismo desempenham no *tambor de lata* (1959) e *Anos de cão* (1963), adquire relevância também para os seus dois primeiros romances, que compõem, ao lado da novela *Gato e Rato* (1961), a chamada Trilogia de Danzig.

Em "Como dizer aos nossos filhos?", Grass opera, sobre o fundamento de sua visão não linear da História, um entrelaçamento das questões que Heine procurou abordar no *Rabi* com o fenômeno do nacional-socialismo e desdobramentos políticos que se prolongaram até os anos 1970 na República Federal da Alemanha. Recusando-se sempre a dissociar o presente do passado, Grass enfatiza, como um dos pressupostos para os crimes nazistas, a omissão de milhões de pessoas (sobretudo das igrejas católica e protestante, a cristandade clericalmente organizada) e, ao mesmo tempo, empenha-se em desvelar a função mistificadora exercida pelos modernos meios de comunicação de massa, como em séries televisivas (*Holocausto*, 1979) de sucesso tão retumbante quanto questionável: "esclarecimento em massa" é visto assim, em seu caráter superficial e apelativo, enquanto reflexo moderno de "extermínio em massa".

Tomando como ponto de partida o fragmento de Heine, Grass explicita também pontos fundamentais de sua estética narrativa, entre os quais o empenho em contrapor-se a concepções de História que em última instância eximem os indivíduos de suas verdadeiras responsabilidades e rotinizam a barbárie. Pois, enquanto resistência à "força niveladora da transitoriedade", a concepção de tempo histórico que subjaz aos seus livros caracterizar-se-ia pela fusão de passado, presente e futuro: *Vergegenkunft*, conforme se exprime num neologismo que condensa os substantivos *Vergangenheit* ("passado"), *Gegenwart* ("presente") e *Zukunft* ("futuro").

"Queria ensinar às crianças que toda história que se passa hoje na Alemanha já começou há séculos, que essas histórias alemãs com as suas sempre renovadas atribuições de culpa não envelhecem, não podem cessar", diz Grass no texto em questão, e essa intenção "pedagógica" converte-se em procedimento literário na narrativa *O encontro em Telgte* (1979), construída em torno de uma reunião fictícia, em 1647, entre escritores barrocos de língua alemã, empenhados em discutir a situação política e cultural da nação devastada pela Guerra dos Trinta Anos. Traçando paralelos com uma iniciativa semelhante, mas agora real, empreendida três séculos mais tarde por um grupo de escritores alemães (o chamado Grupo 47), a narrativa começa da seguinte forma: "Ontem será o que amanhã foi. Nossas histórias alemãs de hoje não precisam ter acontecido agora. Esta começou há mais de trezentos anos. Outras histórias também. De tão longe vem toda história que se passa na Alemanha".

Para a constituição dessa perspectiva histórica fundamentada na fusão de temporalidades não terá deixado de contribuir a longa convivência de Grass com os escritos de Heine, em especial as reiteradas leituras do fragmento *O Rabi de Bacherach*, em que o autor remonta às desvairadas perseguições medievais aos judeus para tocar nas raízes do antissemitismo de seu tempo. Enquanto narrador e poeta, mas sobretudo como o jornalista (e prosador, em sentido mais amplo) tão admirado por Machado de Assis, Heine insere-se inequivocamente na tradição iluminista, encarnando como talvez nenhum outro escritor alemão, para citar uma observação de Grass, "o esplendor e a miséria do Iluminismo europeu" – e também vale lembrar nesse contexto que o próprio Heine se define, numa carta de setembro de 1855 (portanto, na fase mais excruciante de sua longa enfermidade e a cinco meses da morte em 17 de fevereiro do ano seguinte), como "um pobre rouxinol alemão que fez o seu ninho na peruca de Monsieur de Voltaire".

Nos três artigos enfeixados neste volume o leitor verá articular-se uma resistência ao fanatismo religioso que lembra efetivamente, em vários aspectos, a postura voltairiana no *Dictionnaire philosophique*, conforme a mostra em especial o verbete "*Fanatisme*". A luta de Heine contra o fanatismo religioso mas também político, contra toda sorte de racismo, preconceitos e dogmatismos vem sempre acompanhada pela mensagem de tolerância e se alinha, segundo a sugestão da citada passagem dos *Quadros de viagem*, no amplo movimento para a emancipação dos povos oprimidos. Todavia, essa mesma mensagem de tolerância que perpassa os artigos de Heine adverte para a possibilidade funesta de um povo que se encontra hoje sob opressão converter-se amanhã em opressor: isso significaria apenas intensificar a espiral de violência e, consequentemente, o círculo diabólico que no primeiro dos artigos sobre o *pogrom* de Damasco vem condensado no ditado "hoje bigorna, amanhã malho!"

O grande compromisso de Heinrich Heine foi manifestamente com o projeto iluminista de emancipação e esse engajamento – latente na ficção histórica, mais explícito na prosa jornalística – pode ser observado tanto no fragmento romanesco *O Rabi de Bacherach* como nos admiráveis artigos reunidos no volume *Lutetia*. Para a mesma direção apontam também os *Quadros de viagem*, obra em que a aspiração heiniana por uma humanidade livre e emancipada encontra, numa dicção ainda impregnada de tons românticos, a seguinte formulação:

> Realmente não sei se mereço se um dia as pessoas vierem a adornar o meu caixão com uma coroa de louros. A poesia, por mais que eu a tenha amado, sempre foi para mim apenas uma diversão sagrada ou um bem-fadado meio para atingir fins celestiais. Nunca dei muito valor à glória literária, e pouco me importa se as minhas canções serão elogiadas ou criticadas. Contudo, uma espada devereis colocar em meu caixão, pois fui um brioso soldado na luta de libertação da humanidade.

O RABI DE BACHERACH

O autor, saudando serenamente,
dedica a lenda do Rabi de Bacherach
ao seu querido amigo
HEINRICH LAUBE[2]

[2] Heinrich Heine Laube (1806–1884): escritor e publicista pertencente à chamada "Jovem Alemanha", movimento que entre os anos de 1830 e 1850 exerceu forte oposição à política conservadora, e mesmo repressiva, em vigor nos estados alemães. Heine tencionava dedicar-lhe o memorial *Ludwig Börne*, publicado em 1840, mas depois transferiu a dedicatória ao *Rabi*.

PRIMEIRO CAPÍTULO

ABAIXO da região renana,[1] onde as margens da torrente perdem a feição sorridente, montanha e rochedos, com suas impávidas fortalezas em escombros, assumem maior aspereza e se alça uma magnificência mais selvagem e grave – nesse lugar, como numa horripilante saga de tempos imemoriais, fica a sombria, a antiquíssima cidade de Bacherach.[2] Todavia, nem sempre fo-

[1] Esta tradução foi realizada a partir do texto estabelecido no volume 5 da edição histórico-crítica das obras de Heine – edição patrocinada pela cidade de Düsseldorf, em colaboração com o Instituto Heinrich Heine: "Der Rabbi von Bacherach", in *Historisch-kritische Gesamtausgabe der Werke*, Band 5 (organizado por Manfred Windfuhr). Hamburgo, Hoffmann und Campe, 1994.

[2] Heine retirou a grafia Bacherach, em lugar de Bacharach, da obra de Johann Jacob Schudt *Jüdische Merckwürdigkeiten* [Curiosidades judaicas], publicada entre 1714 e 1721. Entre as muitas fontes que pesquisou para redação do *Rabi* estão: Jaques Basnage: *Histoire de la religion des juifs depuis Jésus Christ jusq'à présent.* Roterdã, 1707 (quinze volumes). Christian Friedrich Bischoff: *Dissertatio historico-philologica, de origine, vita, atqve scriptis Don Isaaci Abrabanielis.* Altdorf, 1708. Tilemann Elhen: *Fasti Limpurgenses. Das ist: Eine wohlbeschriebene Chronick Von der Stadt und den Herren zu Limpurg auff*

ram assim podres e deterioradas essas muralhas com suas ameias desprovidas de merlões e suas atalaias cegas, em cujas frestas silva o vento e aninham-se os pardais; nem sempre imperou nessas vielas lamacentas e miseravelmente feias, as quais se avistam através do portão arruinado, silêncio tão desolador, interrompido apenas de quando em quando pelos gritos de crianças, berros de mulheres e mugidos de vacas. Orgulhosas e rijas foram outrora essas muralhas, e por essas vielas circulava então uma vida pujante e livre – poder e luxo, prazer e sofrimento, muito amor e muito ódio. Bacherach incluía-se nessa época entre aqueles municípios fundados pelos romanos durante o seu domínio junto ao Reno; e embora os tempos subsequentes tivessem sido muito tempestuosos e Bacherach viesse assim a cair sob a dominação da dinastia dos Hohenstaufen e, posteriormente, dos Wittelsbach, os seus habitantes souberam no entanto, segundo o exemplo de outras cidades renanas, conservar uma vida comunitária bastante livre. Consistia esta numa associação de corporações particulares, sendo que a corporação dos antigos patrícios e a

der Lahn [*Limburger Chronik*]. Wetzlar, 1720. Anton Kirchner: *Geschichte der Stadt Frankfurt am Main*. Frankfurt a. M., 1807-1810. Achilles Augustus von Lersner:*Der Weit-berühmten Freyen Reichs- und Handels-Stadt Frankcfurt am Mayn* CHRONICA. Frankfurt am Main, 1734. Juan-Antonio Llorente: *Histoire critique de l'inquisition d'Espagne*. Paris, 1818 (2ª edição). Aloys Schreiber: *Handbuch für Reisende am Rhein*. Heidelberg, 1822. Johann Jacob Schudt: *Jüdische Merckwürdigkeiten*. Frankfurt a. M. e Leipzig, 1714-1721. Niklas Vogt: *Rheinische Geschichten und Sagen*. Frankfurt a. M., 1817. *Die Pesach-Hagada, oder Erzählung von Israël's Auszug aus Egypten*. Leipzig, 1839 (em idioma hebraico e alemão).

das ligas dos artesãos, que por sua vez se subdividiam de acordo com os diferentes ofícios, lutavam de ambos os lados pelo monopólio do poder: dessa forma, quando se voltavam para fora dos muros da cidade, como proteção e defesa perante a rapinosa nobreza vizinha, originava-se uma estreita união entre as corporações todas; internamente, contudo, por força de interesses conflitantes, obstinavam-se em permanente cisão. E, por isso, havia pouca convivência entre as corporações de Bacherach, muita desconfiança e, com frequência, até mesmo violentas irrupções das paixões. O alcaide em exercício tinha a sua sede na elevada fortaleza de Sareck e, como o seu falcão, arrojava-se para baixo quando o chamavam – e, muitas vezes, mesmo sem ser chamado. O clero dominava na obscuridade mediante o obscurecimento do espírito. Uma corporação das mais isoladas e impotentes, que ia sendo gradativamente excluída dos direitos civis, era a pequena comunidade judia que já no tempo dos romanos se estabelecera em Bacherach e mais tarde, durante a grande perseguição aos judeus, acolheu em seu seio grupos inteiros de fugitivos que professavam a mesma fé.

A grande perseguição aos judeus começou com as cruzadas e recrudesceu da maneira mais feroz por volta da metade do século XIV, ao final da grande peste que, como toda desgraça pública, teria sido provocada pelos judeus, uma vez que se afirmava terem eles desencadeado a ira de Deus e envenenado as fontes com ajuda dos leprosos. O populacho açulado, sobretudo as hordas de flagelantes – mulheres e homens seminus que, em busca de expiação, percorriam a região do Reno e o restante território do sul da Alemanha supliciando os próprios corpos e entoando uma desvairada canção em louvor da Virgem Maria –, assassinaram então muitos milhares de judeus, mas também os torturavam ou batizavam à força. Uma outra acusação que já nos primeiros tempos, e depois ao longo de toda a Idade Média até o início do século passado, custou-lhes muito sangue e angústia, consistia no conto pueril e fantasioso, mas repetido à exaustão em crônicas e lendas, segundo o qual os judeus roubavam hóstias consagradas e as perfuravam depois com facas até que o sangue começasse a escorrer;[3] dizia ainda tal conto da carochinha que eles imolavam crianças cristãs durante a comemoração do Pessach, com a finalidade de utilizar o sangue em suas cerimônias religiosas noturnas. Nesse dia de festa, os judeus, já bastante odiados por causa de sua fé, de suas riquezas e de seus livros contábeis, encontravam-se inteiramente nas mãos de seus inimigos; e com extrema facilidade podiam estes provocar sua desgraça, bastando para isso espalhar o boato de um tal infanticídio – talvez até mesmo introduzissem sorrateiramente um ensanguentado cadáver de criança na casa proscrita de um judeu para depois, durante a madrugada, investir de surpresa contra a família judia congregada em oração, quando então se assassinava, saqueava e batizava, e grandes milagres aconteciam graças à criança encontrada morta, a qual a Igreja por fim chegava até mesmo a canonizar.

[3] Referência à chamada "profanação de hóstias", acusação que na Idade Média se levantava frequentemente contra os judeus. Também era assim que se explicavam manchas avermelhadas que determinados fungos faziam aparecer nas hóstias.

São Werner é um desses santos e em sua homenagem foi instituída em Oberwesel aquela suntuosa abadia que hoje representa uma das mais belas ruínas às margens do Reno e que, com a magnificência gótica de seus vitrais compridos e ogivais, de suas colunas que se elevam orgulhosas e de seus entalhes em pedra, tanto nos encanta quando passamos por ali num belo e verdejante dia de verão e desconhecemos a sua origem.[4] Em homenagem a esse santo foram erigidas ainda três outras grandes igrejas às margens do Reno, e incontáveis judeus foram mortos ou atormentados. Isso aconteceu no ano de 1287 e também em Bacherach, onde se construiu uma dessas igrejas de São Werner, desabaram então sobre os judeus muitas aflições e muita miséria. Porém, pelos dois séculos seguintes eles foram poupados de tais acessos da cólera popular, embora sempre estivessem suficientemente expostos a hostilidades e ameaças.

Contudo, quanto mais os afligia o ódio de fora, tanto mais estreita e íntima tornava-se a convivência doméstica, tanto mais profundos a devoção e o temor dos judeus de Bacherach perante Deus. Um modelo de procedimento agradável a Deus era o rabino local, chamado Rabi Abraão, um homem ainda jovem, mas amplamente famoso em virtude de sua erudição. Ele havia

[4] Aloys Schreiber relata em seu *Handbuch für Reisende am Rhein* [Manual para viajantes do Reno] a lenda de São Werner, um rapaz de quatorze anos que teria sido assassinado por judeus no ano de 1287. A acusação provocou o assassinato de 2000 judeus, incontáveis outros pagaram vultosas quantias para preservar a vida. Werner foi logo canonizado e se converteu no santo padroeiro de quatro igrejas renanas. O seu nome, contudo, não consta mais do calendário católico, pois investigações históricas demonstraram a inconsistência da acusação.

nascido nessa cidade, e seu pai, que ali fora igualmente rabino, ordenou-lhe como sua última vontade que se dedicasse à mesma função e jamais abandonasse Bacherach, a não ser sob perigo de vida. Essa ordem e uma estante com livros raros foi tudo o que lhe legou o pai, o qual vivera na pobreza e apenas para suas atividades de escriba. No entanto, Rabi Abraão era um homem muito rico; casado com a filha única de seu falecido tio paterno, que exercera a profissão de joalheiro, herdou suas imensas riquezas. Alguns intrigantes na comunidade insinuavam que o Rabi teria desposado sua mulher justamente por causa do dinheiro. Mas todas as mulheres contradiziam tal coisa e sabiam contar velhas histórias: como o Rabi, antes de sua viagem a Espanha, já estava apaixonado por Sara – na verdade, chamavam-na a bela Sara – e como Sara teve de esperar sete anos até que o Rabi regressasse da Espanha, uma vez que, valendo-se do costume do anel nupcial, ele a desposara contra a vontade do pai e mesmo sem a anuência da própria Sara. É que todo judeu pode fazer de uma moça judia sua esposa legal se conseguir enfiar-lhe um anel no dedo e, ao mesmo tempo, pronunciar as palavras: "Tomo-te por minha mulher segundo os costumes de Moisés e Israel!"[5] À menção de Espanha, os intrigantes costumavam sorrir de maneira muito peculiar, e isso

[5] Heine retirou essa fórmula da obra de Johann Schudt *Jüdische Merckwürdigkeiten* [Curiosidades judaicas], onde ela aparece como momento culminante numa série de cerimônias anteriores e posteriores, todas minuciosamente descritas. Para os propósitos da narrativa, Heine reduz, portanto, todo o ritual do matrimônio a esse único ato da passagem da aliança.

certamente acontecia por causa de um obscuro boato, segundo o qual Rabi Abraão teria de fato, durante sua estada na Alta Escola de Toledo, se consagrado fervorosamente aos estudos da Lei Divina, mas que também imitara costumes cristãos e incorporara concepções dos livre-pensadores, a exemplo daqueles judeus espanhóis que se encontravam então num extraordinário nível cultural. No íntimo da alma, porém, aqueles intrigantes acreditavam muito pouco na veracidade do boato insinuado. Pois desde o seu retorno de Espanha, o estilo de vida do Rabi era sobremaneira puro, piedoso e severo; praticava os rituais mais insignificantes com atemorizado escrúpulo, costumava jejuar todas as segundas e quintas-feiras, somente no Sabá ou nos outros dias de festa experimentava carne e vinho, seus dias transcorriam em orações e estudos: durante o dia comentava a Lei Divina no círculo dos alunos, atraídos a Bacherach pela fama de seu nome, e à noite contemplava as estrelas no céu ou os olhos da bela Sara. O matrimônio do Rabi era estéril; ao seu redor, contudo, não faltavam vida e movimentação. O grande salão de sua casa, situada ao lado da sinagoga, ficava aberto para uso de toda a comunidade: aqui as pessoas saíam e entravam sem cerimônia, faziam orações ligeiras, ou vinham em busca de novidades, ou realizavam assembléias em situações críticas; aqui as crianças brincavam na manhã do Sabá, enquanto na sinagoga era lido o trecho semanal; aqui as pessoas se reuniam em cortejos nupciais e fúnebres, desentendiam-se e reconciliavam-se; aquele que estivesse com frio encontrava aqui um fogão aquecido e o faminto, uma mesa posta. Além disso, circulava em torno do Rabi uma multidão de parentes, de irmãs e de irmãos de fé com suas mulheres e filhos, assim como tios e tias comuns a ambos, a ele e a sua mulher: uma extensa parentela cujos membros viam no Rabi a figura principal da família, frequentavam sua casa desde manhã cedinho até tarde da noite e nos dias de festa costumavam se reunir ao seu redor para cear juntos. Tais refeições comunitárias na casa do rabino aconteciam de forma muito especial por ocasião da comemoração anual do Pessach, uma antiqüíssima e maravilhosa festa que ainda hoje os judeus do mundo inteiro, em eterna memória de sua libertação do cativeiro egípcio, celebram, na véspera do décimo quarto dia do mês de Nissan,[6] da seguinte forma:

Tão logo chega a noite, a dona da casa acende as velas, estende a toalha sobre a mesa, dispõe no seu centro três pães ázimos, de formato achatado, cobre-os com um guardanapo e sobre essa elevação coloca seis pequenas bandejas contendo alimentos simbólicos, a saber, um ovo, alface, raiz-forte, um osso de cordeiro e mingau amarronzado feito de uvas passas, canela e nozes. O chefe da casa senta-se a essa mesa com todos os parentes e companheiros e lê a estes trechos de um

[6] Originalmente o Pessach consistia numa cerimônia de oferendas celebrada por pastores e transformou-se mais tarde na principal festa judaica de recordação do cativeiro egípcio e do retorno à terra dos antepassados. Nissan é o chamado mês da primavera, o primeiro no ano judaico e estende-se aproximadamente do final de março a final de abril (Êxodo, 12). À festa do Pessach corresponde no cristianismo, tanto na extensão temporal como em importantes traços ritualísticos, a semana santa, desde o domingo de ramos até a Páscoa.

livro cheio de aventuras chamado Hagadá, cujo conteúdo consiste numa insólita miscelânea de sagas dos antepassados, histórias miraculosas do Egito, narrativas curiosas, questões controversas, orações e canções solenes. Uma grande refeição noturna insere-se no centro dessa comemoração, e até mesmo durante a leitura em voz alta as pessoas experimentam, nos momentos determinados, pequenas porções dos pratos simbólicos, comendo então pedacinhos de pão ázimo e bebendo de quatro taças de vinho tinto. Melancolicamente sereno, grave e lúdico, feérico e misterioso é o caráter dessa solenidade noturna, e o tom tradicionalmente melodioso com que a Hagadá é lida pelo chefe da casa e de quando em quando repetida em coro pelos ouvintes, soa de maneira tão arrepiante e íntima, acalentando com doçura tão maternal e ao mesmo tempo despertando com tamanho arrebatamento, que mesmo aqueles judeus que desde muito tempo se extraviaram da fé dos antepassados e partiram em busca de honrarias e prazeres alheios, são abalados no mais fundo do coração quando os velhos e familiares acordes do Pessach penetram casualmente em seus ouvidos.

Rabi Abraão encontrava-se certa vez no grande salão de sua casa, celebrando com seus parentes, alunos e demais convidados o ritual noturno da festa do Pessach. No aposento tudo estava mais resplandecente do que de costume: sobre a mesa estendia-se uma toalha de seda bordada em tons coloridos e cujas franjas douradas roçavam o chão; os pratinhos com alimentos simbólicos brilhavam de maneira aconchegante, e assim também as longas taças de vinho em relevo com cenas da História Sagrada. Os homens estavam com os seus casacos escuros, seus chapéus de abas largas, igualmente escuros, e traziam em volta do pescoço gorjeiras brancas; as mulheres, em suas vestes de tecido lombardo, que cintilavam maravilhosamente, ostentavam na cabeça e no pescoço joias em ouro e pérolas; e o prateado candeeiro do Sabá derramava sua luz solene sobre os rostos enlevados dos velhos e dos jovens. Sentado sobre as almofadas em veludo purpúreo numa poltrona mais elevada do que as outras e recostado, como ordena a tradição, Rabi Abraão lia e entoava a Hagadá, enquanto o animado coro o acompanhava ou respondia nos momentos prescritos. O Rabi trajava igualmente solenes roupas escuras, seus traços fisionômicos, de contorno nobre, algo severo, mostravam-se mais suaves do que de costume, os lábios desabrochavam num sorriso da barba marrom, como se quisessem narrar fatos propícios, e os seus olhos transbordavam de venturosos pressentimentos e recordações. A bela Sara, sentada ao seu lado numa poltrona de veludo igualmente elevada, não ostentava, como anfitriã, nenhuma de sua joias; apenas um linho alvo envolvia o seu corpo esbelto e seu semblante piedoso. Esse semblante era comoventemente belo, porquanto a beleza das judias costuma ser em geral de natureza particularmente comovente: a consciência da profunda miséria, da amarga humilhação e dos tristes perigos em que vivem seus parentes e amigos espalha por sobre os delicados traços de seus rostos uma certa interioridade sofredora e uma atenta angústia amorosa, as quais encantam nosso coração de maneira especial. Assim apresentava-se nesse dia a bela Sara e fitava continuamente os olhos do marido; de quando em quando olhava também para a Hagadá aberta diante de si, um belo livro encadernado como pergaminho em ouro e veludo; esse exemplar, com suas antiquíssimas manchas de vinho, era também uma herança dos tempos de seu avô, e lá estavam aquelas muitas imagens, pintadas com tanto colorido e vigor, que Sara, já como pequena menina, contemplava tão prazerosamente na noite do Pessach, e que representavam as mais variadas histórias bíblicas: como Abraão estilhaça com o martelo os ídolos em pedra de seu pai; como os anjos acercam-se de Abraão; como Moisés golpeia mortalmente o *Mitzri*;[7] como o Faraó se senta luxuosamente no trono; como os sapos não o deixam em paz nem sequer à mesa; como ele, graças a Deus, se afoga; como os filhos de Israel atravessam cautelosamente o mar Vermelho e como estes – com seus bois, ovelhas e vacas – quedam-se boquiabertos diante do monte Sinai; e, depois, também o rei Davi, tangendo a harpa e, por fim, Jerusalém, com as torres e ameias de seu templo, sendo iluminada pelo brilho do sol!

A segunda taça já havia sido servida, as fisionomias e as vozes iam tornando-se cada vez mais límpidas, e então o Rabi – levantando um dos pães ázimos com alegres saudações – leu as seguintes palavras da Hagadá: "Vede! Este é o alimento que os nossos antepassados provaram no Egito! Todo aquele que tiver fome, que venha e o prove! Todo aquele que estiver triste, que venha

[7] Isto é, o egípcio (*Mitzri*, em hebraico) que Moisés mata por estar maltratando um hebreu (Êxodo, 2–12).

e compartilhe de nossa alegria no Pessach! No presente ano comemoramos a festa aqui, mas no ano vindouro na terra de Israel! No presente ano nós a comemoramos ainda como escravos, mas no ano vindouro, como filhos da liberdade!"

Nesse instante abriu-se a porta do salão e entraram dois homens grandes e pálidos, envoltos em capotes muito largos, e um deles falou: "A paz esteja convosco, somos companheiros de fé em viagem e desejamos comemorar convosco a festa do Pessach". E o Rabi respondeu, de modo ligeiro e amável: "Convosco esteja a paz, sentai-vos perto de mim". Os dois forasteiros sentaram-se de imediato à mesa e o Rabi prosseguiu na leitura em voz alta. Às vezes, enquanto os outros ainda estavam no ato da repetição, ele lançava palavras carinhosas a sua mulher; e, aludindo a um velho gracejo segundo o qual todo chefe de família judeu se tem por rei nessa noite, disse a Sara: "Alegra-te, minha rainha!" Mas ela respondeu, sorrindo melancolicamente: "É que nos falta o príncipe!", e com isso ela se referia ao filho da casa que, como o exige uma passagem da Hagadá, deve interrogar seu pai, com palavras prescritas, a respeito do significado da festa.[8] O Rabi não respondeu nada, limitando-se apenas a apontar para uma imagem sobremaneira graciosa, que acabara de ser aberta na Hagadá e na qual se viam os três anjos acercando-se de Abraão

[8] A pergunta a ser feita pelo "filho da casa" (ou pelo participante mais jovem da cerimônia) é a seguinte: "Por que esta noite é diferente de todas as outras noites?" A resposta inicia-se com as palavras: "Em todas as outras noites nós provamos alimento fermentado e não fermentado, mas nesta noite apenas e tão somente não fermentado..."

para anunciar que lhe nasceria um filho de sua esposa Sara; esta, entretanto, postada à entrada da tenda com sua astúcia feminina, escuta sorrateiramente a conversa. Esse gesto silencioso derramou tonalidades rubras sobre as faces da bela mulher, que baixou os olhos, mas depois voltou a fitar carinhosamente o marido, que prosseguia na história maravilhosa: como certa vez na cidade de Bene Beraque, Rabi Joshua, Rabi Eliezer, Rabi Elazar, Rabi Akiba e Rabi Tarfon conversaram a noite inteira, recostados em suas cadeiras, sobre a retirada dos filhos de Israel do Egito, até que os seus discípulos vieram anunciar-lhes que já era dia e que a grande oração matutina estava sendo lida na sinagoga.

E enquanto a bela Sara ia ouvindo com devoção, os olhos sempre fixos no marido, ela percebeu que sua fisionomia foi repentinamente desfigurada por horrível rigidez, o sangue como que desapareceu de seus lábios e faces e os olhos saltaram como farpas de gelo; – mas, quase que no mesmo instante, ela viu seus traços assumirem de novo a mesma tranquilidade e alegria anteriores, lábios e faces recobrarem a cor, os olhos se movimentarem satisfeitos; viu, também, como uma disposição frenética, no mais totalmente estranha ao marido, apoderou-se de todo o seu ser. A bela Sara assustou-se como jamais se assustara em toda sua vida, e um pavor gélido levantou-se em seu íntimo – não tanto em virtude das manifestações de horrorosa rigidez que por um momento vislumbrara no rosto do marido como, muito mais, por causa do contentamento posterior deste, que gradativamente ia se transformando em tresloucada animação. O Rabi brincava com o seu barrete empurrando-o de uma orelha à outra, gracejava puxando e enrolando os cachos de sua barba, cantava o texto da Hagadá como se fosse uma modinha e, ao enumerar as pragas do Egito – ocasião em que se deve mergulhar várias vezes o indicador na taça de vinho e lançar ao chão as gotas pendentes – salpicou as moças com vinho tinto e assim surgiram muitas gargalhadas e queixas por causa das gargantilhas manchadas. Toda essa jovialidade efervescente e convulsiva do marido tornava-se cada vez mais estranha à bela Sara; angustiada por inominável apreensão, ela olhava para o movimentado burburinho formado por todas aquelas pessoas que oscilavam rejubilantes para lá e para cá, mordiscavam os delgados pães do Pessach, ou bebericavam das taças de vinho, ou tagarelavam entre si, ou ainda cantavam em voz alta – todos sobremaneira satisfeitos.

Chegou então o momento em que o jantar é servido. Todos se levantaram para se lavar e a bela Sara foi buscar o grande lavatório prateado e luxuosamente adornado com relevos trabalhados a ouro, oferecendo-o sucessivamente a cada um dos convivas em cujas mãos se despejava água. Enquanto prestava esse serviço também ao Rabi, este lhe piscou significativamente com os olhos e esgueirou-se porta afora. A bela Sara foi em seu encalço; o Rabi agarrou incontinenti a mão de sua mulher e, arrastando-a com pressa pelas escuras vielas de Bacherach, transpôs o portão e, sempre apressado, alcançou a estrada que conduz até Bingen acompanhando o curso do Reno.

Era uma dessas noites primaveris que, embora bastante cálidas e estreladas, enchem nossa alma de insólitos tremores. As flores exalavam um odor funéreo; maliciosos e atemorizados ao mesmo tempo, os pássaros chilreavam; a lua projetava traiçoeiros reflexos amarelos sobre a torrente envolta num murmúrio sombrio; os elevados rochedos da margem assemelhavam-se a cabeças de gigantes oscilando ameaçadoramente; a sentinela da fortaleza de Strahleck soprava em seu melancólico instrumento, e em meio a tudo isso soou o pequeno sino fúnebre da igreja de São Werner, estridente e zeloso. A bela Sara trazia na mão direita o lavatório prateado, pela esquerda o Rabi ainda a segurava e ela sentia como os seus dedos estavam gélidos e como o seu braço tremia. Mas ela o seguia em silêncio, talvez porque já estivesse acostumada desde muito tempo a obedecer cega e incondicionalmente ao marido, talvez também porque os seus lábios estivessem cerrados por um medo íntimo.

Abaixo da fortaleza de Sonneck, defronte a Lorch, mais ou menos onde fica hoje a pequena aldeia de Niederrheinbach, há um maciço rochoso que se debruça recurvado sobre a margem do Reno. O Rabi galgou esse rochedo com sua mulher, olhou em todas as direções e depois cravou os olhos nas estrelas. Trêmula e trespassada por calafrios advindos de mortais angústias, a bela Sara quedava-se ao lado do marido e contemplava seu pálido rosto que, iluminado fantasmagoricamente pelo luar, contraía-se de quando em quando em expressão de sofrimento, terror, devoção e ira. Mas quando o Rabi, num gesto brusco, arrebatou de sua mão o lavatório prateado e o lançou ao Reno, levantando-se um som abafado, ela não pôde suportar por mais tempo aquela angústia horrorosa e, exclamando "*Schadai* misericordioso!",[9] caiu aos pés do marido, suplicando-lhe que desvendasse por fim o obscuro enigma.

O Rabi, privado de voz, moveu várias vezes os lábios mudos e disse por fim: "Estás vendo o anjo da morte? Lá embaixo, ele paira sobre Bacherach! Mas nós escapamos à sua espada. Louvado seja o Senhor!" E com voz ainda trêmula de aversão íntima, contou que, enquanto declamava a Hagadá, recostado na poltrona e de ânimo sereno, olhou casualmente debaixo da mesa e lá avistou a seus pés um ensanguentado cadáver de criança. "Percebi então" – acrescentou o Rabi – "que as nossas duas visitas tardias não eram da comunidade de Israel, mas sim do ajuntamento dos ímpios, que combinaram introduzir sorrateiramente aquele cadáver em nossa casa para nos acusar de infanticídio e incitar o povo a nos saquear e assassinar. Não pude deixar transparecer que tinha percebido essa obra das trevas, pois desse modo teria tão-somente apressado minha desgraça, e apenas a astúcia nos salvou a ambos. Louvado seja o Senhor! Nada temas, bela Sara, também os nossos amigos e parentes serão salvos. Os malignos só estavam sedentos de meu sangue; eu escapei de suas mãos e eles contentar-se-ão com a minha prata e o meu ouro. Vem comigo,

[9] Em seus estudos de história judaica, Heine anotou uma série de rituais de invocação, especialmente no contexto da Cabala. Por meio de oferendas e palavras mágicas procurava-se aplacar forças naturais, numa espécie de cerimônia mágica de defesa. *Schadai* significa em hebraico "Todo-poderoso" e sua utilização remonta, segundo Lion Feuchtwanger, a antigos escritos judaico-alemães. Contudo, a oferenda do lavatório prateado é comentada por Feuchtwanger como ato "não judaico", lembrando antes a tradição grega, como se manifesta, por exemplo, na balada de Schiller "O anel de Polícrates".

bela Sara. Vamos para uma outra terra e deixemos a desgraça para trás; e para que ela não mais nos persiga, lancei-lhe como conciliação o último de meus pertences, a bacia prateada. O Deus de nossos antepassados não nos abandonará. – Desçamos, bela Sara, estás cansada. Lá embaixo está o silencioso Wilhelm junto ao seu barco; ele nos conduzirá Reno acima".

Sem emitir som algum e com os membros como que alquebrados, a bela Sara deixou-se cair nos braços do Rabi, que lentamente a levou para a margem abaixo. Lá estava o silencioso Wilhelm – um rapaz surdo-mudo, mas extraordinariamente belo, o qual exercia a pesca e mantinha o seu barco ancorado nesse local, para sustento de sua velha mãe de criação, uma vizinha do Rabi. Mas foi como se ele tivesse adivinhado de imediato a intenção do Rabi; sim, parecia mesmo que estava esperando por ele. Em torno de seus lábios cerrados desenhou-se a mais amorosa compaixão, seus grandes olhos azuis repousaram profundamente significativos sobre a bela Sara e, desvelando-se em cuidados, ele a conduziu ao barco.

O olhar do rapaz mudo despertou a bela Sara de seu torpor; ela sentiu de repente que tudo aquilo que o marido lhe contara não era um mero sonho e torrentes de amargas lágrimas escorreram por suas faces, agora tão alvas como suas vestes. Sentada no centro do barco, era uma dolorosa imagem marmórea; postados ao seu lado, o marido e o silencioso Wilhelm iam remando energicamente.

Seja pelos golpes uniformes do remo, seja pelo balanço da embarcação, ou pelo odor daquelas margens montanhosas onde viceja a alegria, mesmo a pessoa mais angustiada é serenada de maneira especial ao deslizar suavemente, numa noite primaveril e num leve barco, sobre a querida e límpida correnteza renana. Verdadeiramente, o velho e bondoso pai Reno não pode suportar que os seus filhos chorem; aplacando as lágrimas, ele os acalenta em seus braços fiéis e conta-lhes suas mais belas histórias encantadas e promete-lhes suas riquezas mais douradas, talvez até mesmo o submerso e antiquíssimo tesouro dos Nibelungos. Também as lágrimas da bela Sara escorriam cada vez mais suaves, suas dores mais atrozes eram levadas pelas ondas sussurrantes, a noite perdia o seu aspecto tenebroso e as montanhas pátrias saudavam acenando com o mais carinhoso adeus. Antes de todas, porém, saudou-a intimamente sua montanha predileta, a Kedrich,[10] e, iluminada por estranho luar, era como se lá em cima estivesse novamente uma mocinha com os braços medrosamente estendidos, como se uma multidão de ágeis anõezinhos saísse rastejando de suas frestas rochosas e como se um cavaleiro viesse a pleno galope vencendo a montanha. E no íntimo da bela Sara era como se ela fosse novamente uma pequena menina e estivesse sentada no colo de sua tia de Lorch e esta lhe contasse a história do intrépido cavaleiro que liberta a pobre mocinha raptada

[10] Kedrich ou Kädrich (em grafia mais correta) fica à margem direita do Reno, nas imediações de Bacharach. A lenda que assoma fragmentariamente na imaginação de Sara, envolvendo a moça raptada, os anões e o intrépido cavaleiro, foi retirada do manual de Schreiber sobre o Reno. Dessa mesma obra provém também a lenda associada ao Vale dos Rumores (*Wisperthale*, como escreve Heine).

pelos anões; e ainda outras histórias verdadeiras, a do estranho Vale dos Rumores, que ficava mais adiante e onde os pássaros conversavam racionalmente entre si; e a da terra das broas natalinas, para onde vão as crianças obedientes; histórias de princesas enfeitiçadas, árvores cantantes, castelos de vidro, pontes douradas, ninfas sorridentes... Mas, em meio a todos esses contos maravilhosos que, brilhantes e melodiosos, começavam a viver, a bela Sara ouviu a voz de seu pai, que ralhava irritado com a pobre tia porque enfiava tantas tolices na cabeça da menina! Em seguida se lhe representou que a sentavam num banquinho diante da poltrona aveludada de seu pai e este acariciava com aquela mão macia o longo cabelo da filha, sorria satisfeito com os olhos e balançava prazerosamente para lá e para cá, envolto em seu largo camisolão de sabá feito de seda azul... Certamente devia ser sabá, pois a toalha florida estava estendida sobre a mesa, todos os utensílios no cômodo tinham sido areados e resplandeciam como espelhos, o administrador da comunidade, sentado com sua barba branca ao lado do pai de Sara, mastigava uvas passas e falava em hebraico; também o pequeno Abraão entrou com um livro de tamanho descomunal e modestamente pediu permissão ao tio para comentar um trecho das Sagradas Escrituras, pois queria que o próprio tio se convencesse de que ele tinha estudado muito na semana passada e merecia agora muitos elogios e doces... Então, o pequeno menino colocou o livro sobre o braço da poltrona e comentou a história de Jacó e Raquel: como Jacó ergueu a voz e caiu em prantos quando avistou sua priminha Raquel pela primeira vez; como Jacó falou-lhe confidencialmente junto à fonte; como depois teve de servir sete anos por Raquel e como esses anos lhe passaram tão depressa; e como ele desposou por fim Raquel e sempre e sempre a amou... Subitamente, a bela Sara lembrou-se ainda de que seu pai exclamara em tom divertido: "Será que também tu não irás querer desposar tua prima Sara?", e a isso respondeu seriamente o pequeno Abraão: "É o que desejo, e ela terá de esperar sete anos". Envoltas em luz crepuscular, essas imagens foram passando pela alma da bela mulher – ela se via brincando infantilmente com o pequeno primo, que agora era tão grande e se tornara seu marido, na cabana de folhagens;[11] e como eles se deleitavam com as tapeçarias coloridas, os espelhos, as flores e maçãs banhadas a ouro; como o pequeno Abraão sempre lhe fizera carinhos, até que pouco a pouco foi crescendo e se tornando rabugento, tornando-se por fim tão grande e tão rabugento... E finalmente, ela está sozinha em casa num sábado à noite, o luar claro penetra pela janela de seu quarto; de repente a porta se escancara e o seu primo Abraão entra como um raio, em tra-

[11] Essa cabana, enfeitada com ramos, folhas e frutas, está associada a uma espécie de festa da colheita que se comemora em setembro ou outubro como lembrança da proteção divina durante a peregrinação pelo deserto (Festa dos Tabernáculos ou Festa das Cabanas; *Sucot*, em hebraico). No início do segundo capítulo o narrador dirá que as "belas murtas" e ramos utilizados em Bacherach vinham da região de Sachensausen em Frankfurt. (Sachsenhausen é também o nome de um campo de concentração construído nas imediações de Berlim em 1936; a coincidência dos nomes é um dos elementos que levaram Günter Grass ao projeto, comentado na introdução a este volume, de transpor a história de Rabi Abraão e Sara para os anos trinta do século passado.)

jes de viagem e pálido como a morte. E ele agarra sua mão, enfia um anel de ouro em seu dedo e pronuncia solenemente: "Com isso, tomo-te por minha esposa, segundo os costumes de Moisés e de Israel! Mas agora" – acrescenta trêmulo – "agora preciso partir para a Espanha. Adeus, sete anos terás de esperar por mim!" E ele parte precipitado; chorando, a bela Sara conta tudo isso a seu pai... Ele se encoleriza e vocifera: "Vai cortar o cabelo, pois és uma mulher casada!"[12] – e ele quer sair ao encalço de Abraão para arrancar-lhe uma carta de separação, mas este já transpôs todas as montanhas. O pai volta silencioso para casa e enquanto a bela Sara o ajuda a descalçar as botas de cavalgar e pondera suavemente que em sete anos Abraão estará de volta, ele amaldiçoa: "Por sete anos tereis de mendigar", e pouco depois ele morre.

E assim as velhas histórias foram desfilando diante da bela Sara como um ligeiro jogo de sombras. As imagens também se entrelaçavam estranhamente e de quando em quando espreitavam rostos barbudos, em parte familiares, em parte desconhecidos, e surgiam enormes flores com folhagens fabulosamente desenvolvidas. Era também como se o Reno murmurasse as melodias da Hagadá e as imagens desta assomassem das águas, em tamanho natural e desfiguradas, imagens insensatas: o patriarca Abraão esfacela amedrontado as figuras de ídolos que a cada vez se recompõem rapidamente; o Mitzri defende-se encarniçadamente do enfu-

[12] Pelos costumes judaicos mais rigorosos, uma mulher casada deveria pelo menos trazer os cabelos cobertos.

recido Moisés; o Monte Sinai relampeja e arde em chamas; o Rei-Faraó nada no Mar Vermelho com a pontiaguda coroa de ouro na boca, presa entre os dentes; sapos com fisionomias humanas vão nadando atrás dele; as ondas espumam e rumorejam, e uma escura mão de gigante levanta-se ameaçadoramente da torrente.

Era a assim chamada Torre dos Ratos de Hatto,[13] e o barco acabara justamente de passar pelo redemoinho de Bingen. Isso arrancou a bela Sara de seus devaneios e ela fixou os olhos nas montanhas da margem, em cujos cumes brilhava a iluminação dos castelos enquanto mais abaixo vagava a névoa da madrugada, iluminada pelo luar. Mas, de repente, ela acreditou vislumbrar ali os seus amigos e parentes, que com terrível rapidez desfilavam ao longo do Reno, com rostos cadavéricos e envoltos em tremulantes camisas mortuárias. A vista se lhe escureceu, uma torrente gelada derramou-se por sua alma e, como em sonho, ela ainda ouviu como o Rabi lhe entoava a oração noturna, com aquela lentidão angustiada que se deve observar em casos de moribundos; e imersa em devaneios ela ainda balbuciou as palavras: "Dez mil à sua direita, dez mil à sua esquerda; para proteger o rei dos temores noturnos..."[14]

[13] As histórias em torno dessa torre construída no século XIII em uma ilha próxima à cidade de Bingen (e que hoje funciona como farol para a navegação) são também minuciosamente relatadas por Schreiber. Segundo uma das lendas, o desapiedado arcebispo da Mogúncia (Hatto) teria negado ajuda aos pobres durante um período de fome e, por isso, os ratos o devoraram vivo nessa torre.

[14] Nessas palavras balbuciadas por Sara, Heine associa livremente duas passagens da oração noturna judaica. Uma delas é tomada ao "Cântico dos Cânticos": "É a liteira de Salomão!/ Sessenta soldados a

E então dissiparam-se repentinamente todos os horrores e toda aquela escuridão insinuante; a sombria cortina foi rasgada no céu e nas alturas surgiu a cidade sagrada de Jerusalém, com suas torres e portais. Em dourado esplendor brilhou o templo; no pátio a bela Sara avistou o pai, em seu camisolão amarelo de sabá e rindo satisfeito com os olhos; das janelas circulares do templo saudaram-na alegremente todos os seus amigos e parentes; no santuário ajoelhava-se o piedoso rei Davi com o manto purpúreo e a coroa reluzente, fazendo ressoar ternamente o seu canto e a melodia da harpa – e esboçando um sorriso de bem-aventurança, a bela Sara adormeceu.

escoltam,/ soldados seletos de todo Israel./ São todos treinados na espada,/ provados em muitas batalhas./ Vêm todos cingidos de espada,/ temendo surpresas noturnas" (3–7,8). A outra passagem da oração noturna diz, na versão apresentada por Feuchtwanger: "Que à direita daquele que dorme monte guarda o arcanjo Miguel e à esquerda, o arcanjo Gabriel".

SEGUNDO CAPÍTULO

QUANDO a bela Sara abriu os olhos, foi levemente ofuscada pelos raios solares. Assomaram as altas torres de uma grande cidade, e o silencioso Wilhelm, em pé e com o remo na mão, ia conduzindo o barco em meio a divertido tumulto formado por muitos navios embandeirados com todas as cores, cujas tripulações contemplavam ociosas a movimentação abaixo ou estavam inteiramente ocupadas com a descarga de caixas, rolos e barris que eram transportados às margens em embarcações menores. E as ininterruptas advertências dos barqueiros, a gritaria dos comerciantes postados na margem, os berros dos funcionários alfandegários que, em suas casacas vermelhas, com seus bastões brancos e rostos alvos, iam saltando de navio em navio – tudo isso produzia um barulho atordoante.

"Sim, bela Sara" – disse o Rabi a sua mulher, sorrindo serenamente – "esta aqui é a livre e imperial Frankfurt-sobre-o-Meno, cidade de comércio mundialmente famosa, e este rio sobre o qual estamos navegando é exatamente o Meno. E ali adiante, aquelas casas risonhas cercadas por colinas verdes, é a região de Sachsenhausen, de onde o paralítico Gumpertz, na época da festa das cabanas, nos traz as belas murtas. Aqui vês a sólida ponte do Meno, com os seus treze arcos, e todas essas pessoas, todos esses veículos e cavalos passam com segurança sobre ela; e lá no meio está a casinha da qual dizia Mühmele Täubchen ser habitada por um judeu batizado, o qual paga seis moedas de prata a todo aquele que lhe traz uma ratazana morta, auxiliando desse modo a comunidade judaica a cumprir a obrigação de entregar anualmente cinco mil caudas de ratazana ao conselho da cidade".[1]

A bela Sara foi compelida a rir alto dessa guerra que os judeus de Frankfurt são obrigados a travar com as ratazanas; a diáfana luz solar e o mundo novo e colorido que se levantava à sua frente haviam dissipado de sua alma todo o horror e o medo da noite anterior, e quando o marido e o silencioso Wilhelm a desembarcaram na margem, ela sentiu-se invadida por alegre segurança. Mas o silencioso Wilhelm, com os seus belos olhos de um azul profundo e uma expressão dividida entre sofrimento e serenidade, contemplou-lhe longamente o rosto; em seguida, dirigiu ainda um olhar significativo ao Rabi, saltou de volta ao barco e pouco depois já havia desaparecido.

"O silencioso Wilhelm tem de fato muitas semelhanças com o meu falecido irmão", observou a bela Sara. "Os anjos são todos muito parecidos" – respondeu ligeiramente o Rabi e, tomando sua mulher pela mão, foi conduzindo-a por entre o burburinho

[1] Esta punição coletiva, relatada em detalhes por Anton Kirchner em sua *Geschichte der Stadt Frankfurt am Main* [História da cidade Frankfurt sobre o Meno], foi imposta em decorrência da participação de um judeu disfarçado em um torneio cavaleiresco. Heine, no entanto, aumenta o valor da recompensa por cauda de ratazana e fixa livremente o seu número em cinco mil.

humano da margem, onde – por ser a época da feira pascoal – estavam armadas muitas barracas de madeira. Quando entraram na cidade pela escura porta do Meno, depararam-se com uma movimentação não menos barulhenta. Ali, numa rua estreita, levantava-se uma loja comercial ao lado da outra e as casas mostravam-se, como por toda a parte em Frankfurt, especialmente voltadas para o comércio: no térreo não havia janelas, mas apenas portas abobadadas, todas abertas de forma a permitir que a visão alcançasse até o fundo da casa e assim os transeuntes podiam apreciar nitidamente as mercadorias expostas. Quão admirada ficou a bela Sara com a quantidade de objetos preciosos e seu esplendor jamais visto! Lá estavam os venezianos, que ofereciam todo o luxo do oriente e da Itália, e a bela Sara ficou como que enfeitiçada ao avistar os adornos e joias empilhados, gorros e corpetes coloridos, braceletes e colares dourados – todos aqueles enfeites reluzentes que as mulheres tanto gostam de admirar e mais ainda de ostentar. Os tecidos de veludo e seda, ricamente bordados, pareciam querer falar com a bela Sara e fazer cintilar de novo em sua memória as coisas mais maravilhosas; e em seu íntimo era como se ela fosse novamente uma pequena menina e Mühmele Täubchen tivesse cumprido a promessa de levá-la à feira de Frankfurt e, de repente, estivesse diante dos belos vestidos de que tanto ouvira falar. Com secreta alegria, ela já pensava no que levaria para Bacherach, qual de suas duas priminhas, a pequena Blümchen ou a pequena Vögelchen, iria gostar mais do cinto em seda azul; pensava também se as calcinhas verdes serviriam no pequeno Gottschalk,

– subitamente, porém, disse a si mesma: "Oh, meu Deus! Se nesses anos as crianças já cresceram e ontem foram assassinadas!" Contraiu-se violentamente e as imagens da noite já ameaçavam levantar-se dentro dela com todo o seu horror; mas os vestidos bordados a ouro piscavam-lhe com os seus milhares de olhos vivazes, expulsando de sua mente os pensamentos sombrios. E, ao levantar a vista para o rosto do marido, este se mostrava desanuviado e expressava sua habitual suavidade austera. "Fecha os olhos, bela Sara" – disse o Rabi, e continuou a conduzir sua mulher em meio à multidão de pessoas.

E que agitação mais rutilante! Eram, sobretudo, os comerciantes que barganhavam entre si em voz alta, falavam sozinhos enquanto faziam contas com os dedos, ou então estavam voltando para as respectivas hospedarias, seguidos por ajudantes carregados com quantidades imensas de pacotes e que iam trotando a passos curtos. Outros rostos deixavam transparecer que tinham sido atraídos até ali apenas pela curiosidade. Pela manta vermelha e pelo colar dourado podia-se reconhecer o corpulento membro do conselho. O gibão negro, luxuosamente confortável, denunciava o venerável e orgulhoso patrício. O morrião de ferro, o gibão de couro amarelo e as esporas ruidosas anunciavam o pesado escudeiro. Sob uma touca de veludo negro, que descia pontiaguda até a altura da testa, ocultava-se um róseo rosto feminino, e os moços solteiros, farejando-a como cães de caça, passavam por perfeitos janotas com seus alegres barretes emplumados, seus tilintantes sapatos de bico fino e comprido, suas roupas em seda bicolores: sendo o lado direito verde e o lado esquerdo vermelho, ou um lado listrado como o arco-íris e o outro com estampas coloridas, os tolos rapazes pareciam estar cindidos ao meio. Arrastados pela torrente humana, o Rabi e sua mulher chegaram ao Romano. Este nome – que designa a ampla praça do mercado, cercada por casas com frontões elevados – provém de uma gigantesca casa chamada "Ao Romano", comprada mais tarde pelo corpo de magistrados e convertida em conselho da cidade. Nesse edifício elegia-se o imperador da Alemanha e ali em frente celebravam-se com frequência nobres torneios entre cavaleiros. O rei Maximiliano, que tinha paixão por coisas desse tipo, encontrava-se então em Frankfurt e em sua homenagem organizara-se alguns dias antes um grande duelo diante do Romano.[2] Junto às liças de madeira, que estavam sendo desmontadas pelos carpinteiros, havia ainda muitos ociosos que contavam como o duque de Braunschweig e o margrave de Brandemburgo investiram, no dia anterior, um contra o outro ao som de tambores e trompetes; como o senhor Walter, o Vilão, arrancara o Cavaleiro do Urso com tal violência da sela que estilhaços de lança voaram pelo ar; contavam, ainda, como o alto e loiro rei Max, apreciando o espetáculo do balcão e rodeado por sua corte, esfregara as mãos de contentamento. As tapeçarias douradas ainda guarneciam o encosto do bal-

[2] Fontes históricas consultadas por Heine indicam que Maximiliano I, rei desde o ano de 1486 e coroado imperador alemão em 1493, esteve em Frankfurt em 1489, todavia em meados de junho e não na época da Páscoa. De qualquer modo, Heine estabelece assim um ponto de referência para a localização temporal da narrativa.

ção e das pontiagudas janelas do conselho. Também as outras casas da praça do mercado apresentavam um aspecto solene e estavam enfeitadas com brasões, especialmente a casa Limburg, em cujo estandarte se via uma donzela ostentando um gavião no braço, enquanto à sua frente um macaco segura um espelho. No balcão dessa casa, reunidos em alegre conversação, muitos cavaleiros e damas contemplavam o povo que lá embaixo deslizava como que dividido em procissões e grupos fantásticos. Que quantidade de ociosos se acotovelando ali para saciar a curiosidade! Ali as pessoas riam, queixavam-se, furtavam e se beliscavam mutuamente nas ancas, festejavam; e, em meio a tudo isso, ressoava estridente a trombeta do médico que – sobre uma plataforma, envolto numa capa vermelha e acompanhado de seu macaco e de seu bobo – anunciava de maneira muito peculiar suas habilidades, enaltecia suas tinturas e pomadas milagrosas ou então contemplava com expressão compenetrada o vidro com urina que alguma velha lhe mostrava, ou mesmo se preparava para arrancar o molar de um pobre camponês. Dois mestres da esgrima, esvoaçantes em suas faixas e cintos coloridos e fazendo zunir seus floretes, encontravam-se ali como que por acaso e lançavam-se um contra o outro tomados por uma cólera fingida; após um longo duelo, declaravam-se ambos imbatíveis e recolhiam algumas moedas. Com tambores e pífaros passou marchando a recém-fundada corporação dos caçadores. Seguiu-se a esta, conduzida pelo carcereiro que empunhava uma bandeira vermelha, uma tropa de moças itinerantes: vinham da casa de mulheres "Ao Asno", na cidade de Würzburgo, e dirigiam-se ao Vale das Rosas, onde a digníssima autoridade lhes designara alojamento para o período da feira. "Fecha os olhos, bela Sara", disse o Rabi. Pois aquelas raparigas estranhas e sumariamente vestidas, entre as quais havia algumas muito bonitas, comportavam-se de maneira a mais obscena, desnudavam o peito alvo e insolente, provocavam os transeuntes com palavras indecorosas, rodopiavam no ar os compridos bastões que levavam em suas andanças e, ao descerem a rua na direção do Portal de Santa Catarina, cavalgando agora os bastões como se fossem cavalinhos de pau, passaram a entoar a canção das bruxas com voz estridente:

> "Cadê o cabrão, aquela besta infernal?
> Cadê o cabrão? E se não vem o cabrão,
> Então vamos cavalgar, vamos cavalgar,
> Então vamos cavalgar no bastão!"[3]

Essa ladainha, que ainda se pôde ouvir de longe, dissolveu-se por fim nos acordes arrastados de uma procissão religiosa que se aproximava. Era um triste cortejo de monges calvos e descalços, os quais conduziam velas acesas, estandartes com imagens de santos ou ainda

[3] No original essa "canção das bruxas" diz: "*Wo ist der Bock, das Höllenthier?/ Wo ist der Bock? Und fehlt der Bock,/ So reiten wir, so reiten wir,/ So reiten wir auf dem Stock!*" Não parece haver um modelo direto para essa canção, mas Heine faz ecoar aqui versos pronunciados por bruxos e bruxas na "Noite de Valpúrgis" do *Fausto* goethiano, por exemplo: "Levar-te, hoje, a vassoura pode,/ Leva a forquilha e leva o bode;/ Quem hoje não puder subir,/ Perdido está para o porvir" (versos 4.000–4.003). Citado segundo a tradução de Jenny Klabin Segall: *Fausto – Primeira Parte*. Editora 34, 2004.

grandes crucifixos prateados. À frente, portando os incensórios fumegantes, marchavam rapazes com casacas vermelhas e brancas. No meio do cortejo, sob um suntuoso baldaquino, viam-se eclesiásticos trajando alvas finamente rendadas ou estolas de seda em várias cores, e um deles levava nas mãos um vaso dourado, que brilhava como o sol; e quando o cortejo alcançou o nicho sagrado, situado a um canto da praça, aquele levantou o vaso, ao mesmo tempo que cantava e declamava palavras em latim... Nesse instante soou um pequeno sino e todo o povo em redor emudeceu, pôs-se de joelhos e persignou-se. O Rabi, no entanto, disse a sua mulher: "Fecha os olhos, bela Sara!" – e rapidamente a puxou para uma estreita viela lateral, depois passaram por um labirinto de ruas apertadas e sinuosas até que por fim atravessaram aquela praça erma e abandonada que separava o novo bairro judeu do resto da cidade.

Antigamente os judeus viviam entre a catedral e a margem do Meno, mais precisamente da ponte até a Fonte dos Andrajos e da Balança da Farinha até São Bartolomeu. Mas os sacerdotes católicos conseguiram uma bula papal que vedou aos judeus viver em tal proximidade da igreja principal, e assim o conselho dos magistrados designou-lhes um lugar no Fosso da Lã, onde eles edificaram o atual bairro judeu. Este foi cercado por muralhas e os portões reforçados com correntes de ferro, a fim de resguardá-los do assédio do populacho. Pois ali os judeus viviam igualmente sob opressão e medo, e a memória de aflições antigas estava mais vívida do que nos dias de hoje. No ano de 1240, o populacho desvairado provocou um grande banho de sangue entre eles, o qual se chamou a primeira batalha dos judeus; e no ano de 1349, quando os flagelantes – em suas andanças pelo país – incendiaram a cidade e colocaram a culpa nos judeus, estes foram em grande parte assassinados pelo povo açulado ou encontraram a morte nas chamas de suas próprias casas – e a isso se chamou a segunda batalha dos judeus.[4] Depois disso, eles voltaram a ser ameaçados com batalhas desse tipo, e nos períodos de agitação interna em Frankfurt, especialmente por ocasião de uma disputa entre o conselho e as corporações, o populacho cristão esteve várias vezes a ponto de invadir o bairro judeu. Este tinha dois portões, que eram fechados por fora durante os feriados católicos e por dentro nos feriados judeus, e na frente da cada portão havia um posto de vigia com soldados da cidade.

Quando o Rabi chegou com sua mulher ao portão do bairro judeu, os lansquenetes – como se podia ver através das janelas abertas – estavam deitados sobre as tarimbas da torre de vigia; do lado de fora, defronte ao portão, o tocador de tambor improvisava em pleno sol com seu enorme instrumento. Era uma figura pesada e vultosa. Gibão e calças em tecido amarelo reluzente, com enchimento nos braços e nas ancas, pontilhado de cima a baixo com pequenas pregas vermelhas, como

[4] No ano de 1349 o movimento de flagelantes sofreu, em decorrência da peste negra, significativo aumento na Alemanha. Sobre as duas datas mencionadas por Heine nesse segmento da narrativa, escreve Kirchner: "Para os judeus, os anos de 1240 e 1349 permanecerão sempre como uma triste lembrança. Mas também antes e depois dessas cenas de terror, a sua vida mostra-se insegura, incerta a sua situação, instável o seu patrimônio. A cada ruído, eles se contraem de medo, a cada boato, aguçam os ouvidos com angústia".

que a mostrar incontáveis línguas humanas. Peito e costas encouraçados com um estofo negro, do qual pendia o tambor; sobre a cabeça havia um gorro achatado, redondo e negro. O rosto era igualmente achatado e redondo, de uma cor amarelo-alaranjada, salpicado por pequenas úlceras vermelhas e contraído em expressão de sorriso e bocejo. Ali sentado, esse sujeito ia tamborilando a melodia da canção entoada outrora pelos flagelantes durante a batalha dos judeus, e com a sua voz de cerveja, em tom áspero, ia gargarejando as palavras:

"A nossa amada Senhora
Saiu pelo orvalho da manhã,
Kyrie eleison!"[5]

"Hans, esta é uma melodia ruim!" – exclamou uma voz atrás do portão cerrado do bairro judeu – "Hans, é também uma canção ruim, não combina com o tambor, não combina com nada e muito menos na missa e na manhã de Páscoa; canção ruim, canção perigosa, Hans, pequeno Hans, pequenino Hans do tambor, eu sou uma pessoa sozinha e se tu gostas de mim, se gostas do Stern, do comprido Stern, do comprido Nasenstern, então para!"

Estas palavras foram pronunciadas pela pessoa que não se via em parte com rapidez angustiada e em parte

[5] Os versos "gargarejados" por essa personagem foram retirados de um texto reproduzido na chamada *Limburger Chronik* [Crônica de Limburg]. Trata-se de uma canção em louvor de Maria que se inicia do seguinte modo: "Saiu a nossa senhora, Kyrieleison./ Pelo orvalho da manhã, Aleluia./ Encontrou-a então um rapaz, Kyrieleison/ Sua barba já estava despontando, Aleluia./ Bendita sê tu, Maria".

com lentidão suspirante, num tom em que a brandura arrastada se alternava bruscamente com a dureza rouca, tal como observamos nos tísicos. Mas o tocador de tambor permaneceu impassível e, desdobrando em seu instrumento a melodia anterior, continuou a cantar:

"Veio então um pequeno rapaz
Cuja barba já estava despontando,
Aleluia".

"Hans" – exclamou novamente a voz da pessoa acima mencionada – "Hans, eu sou uma pessoa sozinha, e esta é uma canção perigosa, e eu não gosto de ouvi-la e tenho os meus motivos e se tu gostas de mim, então canta outra coisa e amanhã vamos beber..."

Ao ouvir a palavra "beber", aquele Hans deixou de tamborilar e cantar, dizendo então num tom que afetava honradez: "Que o diabo carregue os judeus, mas tu, caro Nasenstern, tu és meu amigo, eu te protejo e se continuarmos a beber juntos, ainda vou converter-te. Quero ser o teu padrinho; se fores batizado, irás para o céu, e se tiveres talento e empenhar-te em aprender comigo, poderás até tornar-te um tocador de tambor. Sim, Nasenstern, tu ainda podes chegar longe; e se formos beber juntos amanhã, o meu tambor haverá de enfiar todo o catecismo em tua cabeça... Mas agora abre o portão, pois aqui estão dois estranhos que desejam entrar".

"Abrir o portão?" – gritou aquele Nasenstern, e quase que a voz não lhe saiu. "Não dá para ser assim tão depressa, caro Hans, pois nunca se sabe, nunca se sabe...

e eu sou uma pessoa sozinha. O Veitel Rindskopf[6] traz a chave consigo e no momento ele está parado ali no canto, murmurando a oração dos dezoito parágrafos e, portanto, não é possível interrompê-lo.[7] Jäkel, o Tolo, também está aqui, mas agora está esvaziando a bexiga. Eu sou uma pessoa sozinha!"

"Que o diabo carregue os judeus!", disse o Hans do tambor e, rindo alto dessa sua frase zombeteira, dirigiu-se à torre de vigia e foi deitar-se também sobre a tarimba.

Enquanto o Rabi se quedava com sua mulher diante do grande portão fechado, levantou-se atrás deste uma voz rangente, fanhosa, algo escarnecedora: "Deixa um pouco de estrugir, meu pequeno Stern; pega a chave no bolso do casaquinho do Rindskopf ou pega o teu nariz e abre o portão com ele. Já faz tempo que as pessoas estão esperando".

"As pessoas?" – gritou atemorizado aquele homem que era chamado de Nasenstern – "eu achava que era um só... eu te peço, Tolo, caro Jäkel Tolo, dá uma olhada lá fora para ver quem são".

Abriu-se então uma janelinha gradeada, embutida no portão maciço, e surgiu um gorro amarelo, de duas pontas, e debaixo dele, burlescamente enfeitado, o rosto

[6] Na segunda metade de 1815, Heine realizou um estágio em um banco de Frankfurt cujo proprietário também se chamava Rindskopf (literalmente, cabeça de gado). Outros nomes judaicos que aparecem na narrativa foram igualmente inspirados por pessoas que Heine conheceu durante o período passado em Frankfurt.

[7] Trata-se de uma oração central do culto judaico, executada em pé e na direção de Jerusalém. A designação hebraica "dezoito" refere-se ao número das bênçãos contidas na oração.

habituado a gracejar de Jäkel, o Tolo. No mesmo instante a abertura da janela se fechou e lá de dentro ouviu-se troar uma voz irritada: "Abre, abre; lá fora estão apenas um homem e uma mulher".

"Um homem e uma mulher!" – gemeu aquele Nasenstern – "E quando o portão estiver aberto, a mulher se desfaz do casaco e é também um homem e então são dois homens, e aqui estamos apenas nós três!"

"Não sejas um coelho medroso" – revidou Jäkel, o Tolo – "Sê destemido e mostra coragem!"

"Coragem!" – exclamou Nasenstern, contrariado e rindo amargamente – "Coelho! Coelho é uma comparação infeliz. Coelho é um animal impuro. Coragem! Não foi por causa da coragem que me colocaram aqui, mas sim por causa da prudência. Se vierem muitas pessoas, a minha obrigação é gritar. Mas eu próprio não posso detê-las. Meu braço é fraco, tenho uma fontanela[8] e sou uma pessoa sozinha. Se atirarem em mim, sou um homem morto. Então o rico Mendel Reiss se senta à mesa no sabá, limpa da boca o molho de uvas passas, acaricia a barriga e diz talvez: 'O comprido Nasenstern era de fato um sujeitinho valente; se não fosse ele, o portão teria sido arrombado; ele se deixou matar por nós, era mesmo um sujeitinho valente e é pena que esteja morto...'"

Nisso, a voz foi ficando cada vez mais branda e chorosa, mas de repente assumiu um tom apressado, quase enfurecido: "Coragem! E para que o rico Mendel Reiss

[8] Não se trata da "moleira" própria de bebês, mas sim de um antigo procedimento medicinal: uma ferida mantida artificialmente aberta para a eliminação de substâncias consideradas nocivas ao corpo.

possa limpar o molho de passas da boca, acariciar a barriga e chamar-me de valente sujeitinho, eu devo deixar-me matar? Coragem! Destemido! O pequeno Strauss era destemido e ontem foi ver o duelo no Romano, achando que ninguém o reconheceria por trajar um casaco violeta – de veludo, três florins o côvado, com cauda de raposa, todo bordado a ouro, luxuosíssimo –, e eles bateram tanto no casaco violeta até que desbotou e também suas costas ficaram tão violetas que agora nem mais parecem costas de gente. Coragem! O curvo Leser era destemido, chamou o nosso vil alcaide de vilão e eles o dependuraram pelos pés entre dois cachorros, enquanto o Hans do tambor tamborilava.[9] Coragem! Não sejas um coelho! Entre tantos cães o coelho está perdido, eu sou uma pessoa sozinha e realmente tenho medo".

"Vamos, desembucha de uma vez!" – exclamou Jäkel, o Tolo.

"Realmente eu tenho medo!" – repetiu suspirando Nasenstern – "eu sei que o medo está nas veias e que eu o herdei de minha saudosa mãe... "

"Sim, sim!", interrompeu-o Jäkel, o Tolo, – "e tua mãe o herdou do pai dela e este, por sua vez, do pai dele e, assim, todos os teus antepassados herdaram o medo um do outro, até chegar ao fundador de tua estirpe, o qual foi lutar contra os fariseus sob o comando do rei Saul e foi o primeiro a desembestar em fuga. –

[9] O judeu que ousasse ofender ou simplesmente criticar uma autoridade sofria via de regra a mais infame das execuções, que era justamente ser dependurado pelos pés ao lado de cachorros. Heine se informou a respeito dessa prática em suas fontes, sobretudo no livro de Lersner sobre a história de Frankfurt.

Mas olha lá, o pequeno Rindskopf já está quase pronto, acaba de se inclinar pela quarta vez, saltita como uma pulga pronunciando três vezes a palavra santo e agora vai enfiando cuidadosamente a mão no bolso..."

E, de fato, as chaves tilintaram, abriu-se rangendo uma ala do portão e o Rabi adentrou com sua mulher a rua dos judeus, inteiramente deserta. Mas aquele que abrira o portão, um pequeno homem com expressão carrancuda e bonachona ao mesmo tempo, balançava a cabeça como alguém que não deseja ser perturbado em seus devaneios; e depois de ter fechado meticulosamente o portão, arrastou-se sem dizer palavra alguma para um canto atrás, mas sem deixar de murmurar suas orações. Menos calado era Jäkel, o Tolo, um homenzinho atarracado, de pernas um tanto tortas, com uma cara avermelhada e risonha, e uma mão descomunalmente carnuda, a qual assomou das compridas mangas de sua jaqueta com estampas coloridas para dar as boas-vindas. Atrás dele mostrava-se – ou, antes, escondia-se – uma figura comprida e magra, o pescoço fino envolto numa gargantilha branca de preciosa batista, o rosto afilado e pálido adornado de maneira estranha por um nariz incrivelmente comprido, que se movimentava curioso e atemorizado para lá e para cá.

"Por Deus, bem-vindos neste dia de festa!" – exclamou Jäkel, o Tolo – "e não vos admireis de que a rua esteja agora tão deserta e silenciosa. No momento, toda a nossa gente está na sinagoga e vós chegastes a tempo de ouvir lá a história do sacrifício de Isaac. Eu a conheço, é uma história interessante, e se já não a tivesse ouvido trinta e três vezes, eu a ouviria novamente de bom grado neste ano. É também uma história importante, pois se Abraão tivesse realmente imolado a Isaac, e não ao cabrito, então haveria agora neste mundo mais cabritos e menos judeus". E com trejeitos incrivelmente engraçados, esse Jäkel começou a cantar a seguinte canção da Hagadá:

"Um cabritinho, um cabritinho, comprado por paizinho, que deu por ele duas moedinhas – um cabritinho, um cabritinho!

Veio um gatinho e comeu o cabritinho, comprado por paizinho, que deu por ele duas moedinhas – um cabritinho, um cabritinho!

Veio um cãozinho e mordeu o gatinho, que comeu o cabritinho, comprado por paizinho, que deu por ele duas moedinhas – um cabritinho, um cabritinho!

Veio uma varinha e surrou o cãozinho, que mordeu o gatinho, que comeu o cabritinho, comprado por paizinho, que deu por ele duas moedinhas – um cabritinho, um cabritinho!

Veio um foguinho e queimou a varinha que surrou o cãozinho, que mordeu o gatinho, que comeu o cabritinho, comprado por paizinho, que deu por ele duas moedinhas – um cabritinho, um cabritinho!

Veio uma aguinha e apagou o foguinho, que queimou a varinha, que surrou o cãozinho, que mordeu o gatinho, que comeu o cabritinho, comprado por paizinho, que deu por ele duas moedinhas – um cabritinho, um cabritinho!

Veio um boizinho e bebeu a aguinha, que apagou o foguinho, que queimou a varinha, que surrou o cãozinho, que mordeu o gatinho, que comeu o cabritinho, comprado por paizinho, que deu por ele duas moedinhas – um cabritinho, um cabritinho!

Veio um carniceirinho e abateu o boizinho, que bebeu a aguinha, que apagou o foguinho, que queimou a varinha, que surrou o cãozinho, que mordeu o gatinho, que comeu o cabritinho, comprado por paizinho, que deu por ele duas moedinhas – um cabritinho, um cabritinho!

Veio um anjinho da morte e abateu o carniceirinho, que abateu o boizinho, que bebeu a aguinha, que apagou o foguinho, que queimou a varinha, que surrou o cãozinho, que mordeu o gatinho, que comeu o cabritinho, comprado por paizinho, que deu por ele duas moedinhas – um cabritinho, um cabritinho!"[10]

"Sim, bela senhora" – acrescentou o que cantara – "ainda virá o dia em que o anjo da morte abaterá o carniceiro, e todo o nosso sangue se derramará sobre Edom;[11] pois o nosso Deus é um Deus da vingança..."

[10] Essa canção, *Chad Gadya* em hebraico, encontra-se no final da Hagadá de Pessach e tem por base um texto da Idade Média que desdobra uma passagem do profeta Jeremias (30–16): "Mas todos os que te devoravam serão devorados, todos os teus adversários irão para o cativeiro, os que te despojavam serão despojados, e todos os que te saqueavam serão saqueados". A narrativa de Heine deixa de fora a estrofe final, na qual Deus destrói por fim o anjinho da morte, justamente para introduzir nessa lacuna o comentário de Jäkel, o Tolo, sobre a vingança final. Numa versão diversa, essa canção do cabritinho foi recolhida por Clemens Brentano em sua coletânea *A trompa mágica do menino* (*Des Knaben Wunderhorn*, 1808), o mais importante cancioneiro do romantismo alemão.

[11] Povo associado à descendência de Esaú (Gênesis, 36–1) que se estabeleceu ao Sul do mar Morto. Com as campanhas do rei Davi contra

Mas, de repente, sacudindo enérgico a seriedade que involuntariamente o acometera, Jäkel, o Tolo, voltou ao seu estilo farsesco e prosseguiu com sua retumbante voz de bufão: "Não temais, bela senhora, o Nasenstern não vos fará nenhum mal. Ele só é perigoso para a velha Schnapper-Elle. Ela apaixonou-se pelo nariz dele – mas também é um amor merecido. Seu nariz é tão belo como a torre que mira em direção a Damasco, e tão sublime quanto os cedros do Líbano. Por fora, ele brilha como ouro reluzente ou xarope e, por dentro, é pura música e graciosidade. Floresce no verão, enregela-se no inverno e tanto no verão quanto no inverno é acariciado pelas alvas mãos da Schnapper-Elle. Sim, a Schnapper-Elle está apaixonada pelo Nasenstern, loucamente apaixonada. Ela cuida dele, alimenta-o e tão logo ele esteja suficientemente cevado, ela o desposará; e, pela idade que tem, a Schnapper-Elle mostra-se ainda bastante jovem, e aquele que chegar aqui em Frankfurt daqui a trezentos anos não poderá ver o céu por causa de tantos Nasenstern!"

"Vós sois Jäkel, o Tolo" – exclamou sorridente o Rabi – "percebo-o por vossas palavras. Várias vezes ouvi falarem a vosso respeito."

"Sim, pois é" – retrucou aquele com modéstia brincalhona – "sim, sim, é isso o que faz a fama. Frequentemente a pessoa é considerada por toda parte como um tolo ainda maior do que a própria pessoa imagina. Mas eu me esforço muito para ser um tolo, e dou saltos e me

os edomitas iniciou-se uma relação de extrema hostilidade entre os dois povos. Desse modo, o termo "Edom" passou a designar metonimicamente todos os inimigos dos judeus.

balanço todo para que os chocalhos tilintem. Para outros, a coisa é bem mais fácil... Mas dizei-me, Rabi, por que viajais em dia de festa?"

"Minha justificativa" – atalhou o que fora perguntado – "está no Talmude e diz: O perigo sobrepõe-se ao sabá".

"Perigo!" – gritou repentinamente o comprido Nasenstern, agitando-se como que tomado por um medo mortal – "Perigo! Perigo! Hans do tambor, toca o tambor, tamborila! Perigo! Perigo! Hans, o tambor... "

Lá de fora, porém, exclamou o Hans do tambor com sua grossa voz de cerveja: "Por todos os sacramentos e trovões! O diabo carregue os judeus! Hoje já é a terceira vez que tu me acordas, Nasenstern! Não me faças ficar furioso! Se eu me enfurecer, torno-me o satanás em pessoa e então – tão certo como sou um cristão –, então pego o arcabuz, meto-o pela abertura do portão, começo a atirar e que cada um proteja o seu nariz!"

"Não atire! Não atire! Eu sou uma pessoa sozinha", choramingava o amedrontado Nasenstern, ao mesmo tempo que comprimia o rosto contra o muro próximo – e permaneceu nessa posição, tremendo e rezando baixinho.

"Mas dizei, contai o que aconteceu" – exclamou então Jäkel, o Tolo, com toda a curiosidade apressada que já por aquela época era característica dos judeus de Frankfurt.

O Rabi, porém, apartou-se dele e se pôs a subir a rua dos judeus com sua mulher. "Vê, bela Sara" – disse ele suspirando – "é essa a proteção que tem Israel! Por fora, falsos amigos guardam os seus portões e, por dentro, os seus guardiões são a tolice e o temor!"

Lentamente os dois foram percorrendo a comprida e deserta rua, onde apenas de vez em quando se via alguma florescente menina esticar a cabeça para fora da janela, enquanto o sol se refletia solene e alegremente sobre as reluzentes vidraças. É que por aquela época as casas do bairro judeu eram ainda novas e simpáticas, também mais baixas do que hoje em dia, sendo que só mais tarde – quando os judeus se multiplicaram bastante em Frankfurt e, contudo, não puderam aumentar seu território – eles passaram a construir um andar sobre o outro, espremendo-se como sardinhas e, desse modo, definhando de corpo e alma. A parte do bairro judeu que ficou em pé depois do grande incêndio e que porta o nome de Rua Velha[12] – aquelas casas altas e escuras, onde um povo úmido, sempre sorrindo compulsivamente, não cessa de barganhar – é um horripilante monumento da Idade Média. A sinagoga mais antiga já não existe mais; ela era menos espaçosa do que a atual, construída mais tarde, após a comunidade ter acolhido os judeus expulsos de Nuremberg. Aquela ficava mais ao norte. O Rabi não precisou perguntar pela sua localização. Já à distância distinguiu o barulho confuso de muitas vozes. No pátio da Casa do Senhor separou-se de sua mulher. Depois de ter lavado as mãos na fonte ali situada, adentrou a parte inferior da sinagoga, onde

[12] Esse "grande" incêndio ocorreu nos dias 14 e 15 de 1711 e destruiu por completo o bairro dos judeus em Frankfurt. De suas leituras das obras de Schudt e Lersner sobre a história da cidade, Heine fez vários excertos a respeito desse incêndio.

os homens oram; a bela Sara, ao contrário, tomou uma escada e chegou acima à ala das mulheres.

Essa ala superior era uma espécie de galeria com três fileiras de assentos de madeira pintados de vermelho-pardo; em sua parte superior, o espaldar de tais assentos era guarnecido por uma tábua pênsil, a qual se podia dobrar facilmente para ser utilizada como apoio para os livros religiosos. Ali as mulheres tagarelavam sentadas uma ao lado da outra, ou ficavam em pé e oravam com fervor; às vezes, acercavam-se curiosas da enorme grade que perfilava o lado oriental e de onde, através de balaústres finos e verdes, podiam avistar a ala inferior da sinagoga. Nesse lugar, atrás de elevados púlpitos individuais, ficavam os homens em seus casacos escuros, as barbas pontiagudas e espichadas sobre as gargantilhas brancas, as cabeças cobertas com solidéus mais ou menos envoltas por um pano quadrangular, em lã ou seda branca, às vezes também enfeitado com galões dourados e revestido das franjas prescritas pela Lei. As paredes da sinagoga eram uniformemente caiadas e ali não se via nenhum outro enfeite além da dourada grade de ferro em volta do tablado quadrangular onde são lidos os textos da Lei, e da arca sagrada – uma caixa de fina confecção, aparentemente sustentada por colunas de mármore com suntuosos capitéis, cujas flores e folhagens se ramificavam graciosamente, e cerrada por uma cortina de veludo azul, sobre a qual havia uma inscrição piedosa bordada com lantejoulas, pérolas e pedras preciosas. Além disso, pendia do teto a prateada lâmpada da memória, e levantava-se ainda um tablado rodeado por grades, em cuja área – em meio aos mais variados objetos sagrados – via-se o candelabro de sete braços, o menorá. E, diante deste, o rosto voltado na direção da arca, estava o chantre, cujo canto era acompanhado de maneira instrumental pelas vozes de seus dois ajudantes, o baixo e o soprano. É que os judeus baniram de sua igreja toda música genuinamente instrumental, presumindo que o louvor a Deus é mais edificante quando se levanta do fervoroso peito humano do que de frios tubos de órgão. A bela Sara se alegrou como uma criança quando o chantre, um excelente tenor, elevou a voz para entoar as antiquíssimas e graves melodias que ela tão bem conhecia; e enquanto essas melodias iam florescendo envoltas em fresca e insuspeitável graça, o baixo rugia em contraponto os tons profundos e obscuros, enquanto o soprano trinava nos intervalos com sua doce e delicada voz. Na sinagoga de Bacherach a bela Sara jamais havia ouvido um canto semelhante, pois ali o presidente da comunidade, Davi Levi, desempenhava a função do chantre, e quando aquele homem trêmulo e já entrado em anos, com sua voz queixosa e débil, aplicava-se a trinar como uma menina e, nesse esforço monstruoso, balançava febrilmente o braço que pendia frouxo, então uma tal cena suscitava antes o riso do que a devoção.

Um pia sensação de bem-estar, mesclada com curiosidade feminina, levou a bela Sara a aproximar-se da mencionada grade, de onde ela pôde contemplar a ala inferior, a assim chamada escola dos homens.[13] Jamais

[13] "Escola" era um termo mais popular e tem a sua origem na concepção da sinagoga como local de ensinamento e aprendizagem.

havia visto companheiros de fé reunidos em número comparável ao que avistava abaixo, e no íntimo do coração foi sentindo uma crescente alegria por se ver cercada por tantas pessoas que lhe eram tão próximas na origem comum, na maneira de pensar e nos sofrimentos. Entretanto, muito mais ainda se comoveu a alma da mulher quando três anciãos, transbordando veneração, postaram-se diante da arca sagrada, descerraram a cortina reluzente e com muitos cuidados retiraram aquele livro que Deus escrevera com a própria mão sagrada e para cuja conservação os judeus tanto suportaram, tanta miséria e tanto ódio, ignomínia e morte – um martírio milenar. Esse livro, um grande rolo de pergaminho, estava envolto como uma criança principesca num pequeno manto de veludo vermelho, bordado em várias cores; na parte superior do pergaminho, afixadas em ambos os rolos de madeira, havia duas caixinhas prateadas nas quais chocalhavam e tilintavam graciosamente vários sininhos e pequenas granadas; e na frente, presas por correntinhas prateadas, pendiam medalhas de ouro com pedras preciosas coloridas. O chantre tomou o livro como se fosse uma criança de verdade – uma criança por cuja causa foi preciso passar por imensos sofrimentos e pela qual se tem tanto mais amor –, acalentou-o em seus braços, bailou com ele para lá e para cá, apertou-o contra o peito e, arrebatado por esse contato, elevou a voz para entoar uma tão jubilosa e pia canção de agradecimento que, para a bela Sara, foi como se as colunas da arca sagrada começassem a florescer, como se as maravilhosas flores e folhagens dos capitéis se pusessem a crescer, como se os tons do soprano se transformassem em puros rouxinóis, a abóbada da sinagoga fosse arrombada pela poderosa voz do baixo e do céu azul descesse então o rejúbilo divino. Era um belo salmo. A comunidade repetia em coro os versos finais, e o chantre, com o livro sagrado nas mãos, foi caminhando lentamente em direção do tablado situado no centro da sinagoga, ao mesmo tempo que homens e meninos acorriam para beijar ou mesmo apenas tocar o invólucro de veludo. Uma vez no tablado, o pequeno manto de veludo foi retirado do livro sagrado, assim como as faixas com inscrições coloridas que também o envolviam, e do rolo de pergaminho agora aberto, naquele tom melodioso que por ocasião da festa do Pessach é modulado de maneira muito especial, o chantre leu a edificante história da tentação de Abraão.

A bela Sara afastou-se humildemente da grade e uma corpulenta mulher de meia-idade, com mil enfeites e aparentando uma benevolência um tanto afetada, proporcionou-lhe com gestos silenciosos acompanhar as orações em seu livro. Essa mulher não era certamente muito versada nas escrituras, pois enquanto lia as orações em tom de murmúrio – como costumam fazer as mulheres, uma vez que não lhes é permitido cantar em voz alta – a bela Sara percebeu que ela pronunciava muitas palavras por pura adivinhação e que passava por cima de não poucos trechos. Mas, depois de certo tempo, os límpidos olhos da boa mulher ergueram-se lenta e sofregamente, um sorriso liso esparramou-se pelo seu rosto, que parecia feito de porcelana vermelha e branca, e num tom que de tão distinto parecia querer derreter-se, disse à bela Sara: “Ele canta muito bem. Mas na Holanda ouvi cantarem ainda muito melhor. A senhora é de fora e talvez não saiba que o chantre é de Worms e que as pessoas querem mantê-lo aqui se ele contentar-se com quatrocentos florins por ano. É um homem amável e as suas mãos são como alabastro. Eu dou muito valor a uma mão bonita. Uma bela mão dignifica a pessoa toda!"

E nisso a boa mulher colocou vaidosamente a própria mão, que de fato era ainda bonita, sobre o espaldar do púlpito e, dando a entender com um gracioso movimento de cabeça que não queria ser interrompida em suas palavras, acrescentou: "O pequeno soprano é ainda uma criança e já parece acabado. O baixo é feio por demais, e o nosso Stern disse, certa vez, com muito espírito: 'O baixo é um tolo ainda maior do que se costuma exigir de um baixo!' Todos os três tomam as refeições em minha cozinha e talvez a senhora desconheça que eu sou a Elle Schnapper".

A bela Sara agradeceu por essa informação, ensejando assim que aquela Schnapper-Elle lhe contasse pormenorizadamente muitas coisas: como ela estivera outrora em Amsterdã e lá, em virtude de sua beleza, tivera de enfrentar muitas armadilhas; como ela viera a Frankfurt três dias antes de Pentecostes e se casara com o Schnapper; como este veio por fim a falecer, dizendo-lhe no leito de morte as coisas mais comoventes; contou-lhe ainda como era difícil para uma chefe de cozinha conservar as mãos. Às vezes lançava um olhar desdenhoso para o lado, visando provavelmente algumas jovens zombeteiras que examinavam sua roupa. E, de fato, tais vestes eram bastante curiosas: um amplo e fofo casaco de cetim branco sobre o qual estavam bordadas em cores vivas todas as espécies da arca de Noé; um gibão de tecido dourado, parecendo uma couraça; mangas em veludo vermelho com pregas amarelas; sobre a cabeça uma touca incrivelmente alta e, em volta do pescoço, uma onipotente gargantilha de linho rígido branco, assim como uma corrente prateada da qual ficava dependurada, à altura do peito, toda espécie de penduricalhos, camafeus e outras raridades, entre outras coisas uma enorme reprodução da cidade de Amsterdã. Mas a vestimenta das outras mulheres não era menos curiosa e consistia numa mistura de modas de diferentes épocas; mais de uma daquelas mulherzinhas cobertas de ouro e diamantes se assemelhava a uma joalheria ambulante. É certo que já naquela época a lei prescrevia aos judeus de Frankfurt uma determinada vestimenta e, para se diferenciarem dos cristãos, os homens deviam ostentar anéis amarelos em seus casacos, e as mulheres, véus azul-listrados em suas toucas.[14] Todavia, no bairro judeu esse decreto da autoridade era pouco considerado e ali, principalmente nos dias de festa e ainda mais na sinagoga, as mulheres buscavam competir entre si para ver quem ostentava mais luxo – e isso em parte para

[14] Na Idade Média, tanto a igreja quanto as autoridade seculares impuseram várias prescrições de vestuário para os judeus, com a finalidade de diferenciá-los nitidamente dos cristãos. Já há documentos a respeito datados de 1215, mas as fontes consultadas por Heine enfatizam o ano de 1452, quando tais prescrições se tornaram muito mais rigorosas em decorrência de um sínodo que estigmatizou os judeus como "inimigos da cruz de Cristo".

serem invejadas e em parte, também, para exibirem a prosperidade e a solidez financeira de seus maridos.

Enquanto trechos da lei mosaica são lidos na parte inferior da sinagoga, a devoção costuma relaxar um pouco. Alguns se colocam mais à vontade e se sentam, ou também cochicham com o vizinho sobre assuntos mundanos, ou saem ao pátio para respirar ar fresco. Nessas alturas, os meninos tomam a liberdade de visitar as mães na ala das mulheres e ali a devoção certamente já sofreu retrocessos ainda maiores: ali elas tagarelam, mexericam, riem e, como acontece por toda parte, as mulheres mais jovens troçam das mais velhas e estas por sua vez se queixam da leviandade da juventude e da decadência dos tempos. Mas, assim como na parte inferior da sinagoga de Frankfurt havia o chantre, que puxava o canto, assim também havia na ala superior aquela que puxava a conversa. Esta se chamava Hündchen Reiss, uma mulher vulgar e esverdeada, que farejava toda e qualquer desgraça e sempre trazia uma história escandalosa na ponta da língua. O alvo habitual de suas maledicências era a pobre Schnapper-Elle; Hündchen Reiss sabia macaquear de maneira muito engraçada a distinção forçada nos gestos da outra, assim como o decoro lânguido com que acolhia as reverências zombeteiras da juventude.

"Sabíeis" – disse então Hündchen Reiss – "sabíeis que ontem a Schnapper-Elle disse o seguinte: 'Se eu não fosse bonita, inteligente e amada, eu não gostaria de estar neste mundo'?"

Então as risadas abafadas foram se tornando cada vez mais audíveis, e a Schnapper-Elle, percebendo logo atrás que aquilo acontecia às suas custas, levantou os olhos com ar de desprezo e partiu velejando como um orgulhoso navio de luxo para um lugar mais distante. Vögele Ochs, uma mulher redonda e um tanto estúpida, observou com compaixão que a Schnapper-Elle era de fato vaidosa e limitada, mas que tinha um coração bondoso e fazia o bem às pessoas necessitadas.

"Especialmente ao Nasenstern" – sibilou a Hündchen Reiss. E todas as que conheciam aquela terna relação riram desbragadamente.

"Sabíeis" – acrescentou Hündchen maliciosamente – "que agora o Nasenstern também está dormindo na casa da Schnapper-Elle... Mas, vede que coisa, lá embaixo a Süschen Flörsheim está usando o colar que o Daniel Fläsch deixou empenhado com o marido dela. Como a Fläsch está irritada... Agora ela está conversando com a Flörsheim... E com que amabilidade elas se cumprimentam! E, no entanto, se odeiam como Madiã e Moab![15] Como trocam sorrisos afetuosos! Não vos devoreis de tanto carinho! Quero ouvir essa conversa".

E então, como um animal à espreita, Hündchen esgueirou-se até o local em que se encontravam as mulheres e ouviu como elas se queixavam por terem se matado de trabalhar naquela semana a fim de pôr ordem na casa e arear os utensílios da cozinha, coisa que deve ser feita antes da festa do Pessach, para que nenhuma migalha de pão fermentado fique grudada nas panelas. As duas falavam também das dificuldades que enfrenta-

[15] A rivalidade entre os madianitas e os moabitas, dois povos de origem semítica, era proverbial entre os judeus.

ram para assar os pães ázimos. A Fläsch tinha queixas ainda mais específicas: ela tivera de passar por tantos aborrecimentos no salão do forno da comunidade, pois pelo resultado do sorteio ela só pôde assar os seus pães nos últimos dias, às vésperas da festa, e ainda por cima no final da tarde; a velha Hanne havia preparado mal a massa, com os seus rolos de amassar as criadas a deixaram demasiado fina, a metade dos pães queimou no forno e, além disso, caiu uma chuva tão torrencial que não parou de gotejar pelo telhado de madeira do salão do forno – e assim, molhadas e cansadas, tiveram de trabalhar exaustivamente madrugada adentro.

"E a senhora, querida Flörsheim" – acrescentou a Fläsch com uma amabilidade condescendente, que de forma alguma era autêntica –, "a senhora também teve uma parcela de culpa nisso tudo, pois não me mandou ninguém que pudesse ajudar no forno".

"Ah, perdão!" – retrucou a outra –, "o meu pessoal esteve tão ocupado, as mercadorias para a feira precisavam ser empacotadas, nós temos agora tanto o que fazer, meu marido..."

"Eu sei" – e a Fläsch cortou-lhe a palavra num tom frio e seco – "eu sei, muito que fazer, muitos penhores e bons negócios, e colares..."

Uma palavra venenosa estava prestes a escapar dos lábios daquela que falava e a Flörsheim já se mostrava vermelha como um caranguejo, quando de repente a Hündchen Reiss se pôs a gritar: "Meu Deus! A forasteira está caída, morrendo... Água! Água !"

A bela Sara havia perdido a consciência, estava pálida como a morte, e um bando de mulheres se acotovelava ao redor dela, gemendo e correndo com afobamento para cima e para baixo. Uma sustinha-lhe a cabeça, a outra segurava-a pelo braço, algumas velhas aspergiam-na com a água daqueles copinhos que ficavam pendurados atrás dos bancos e servem para lavar as mãos, no caso de estas tocarem casualmente o próprio corpo.[16] Outras seguravam rente ao nariz da mulher desmaiada um velho limão incrustado com pedacinhos de cravos, limão esse que provinha ainda do último dia de jejum e cujo aroma era inalado para fortalecer os nervos. Extenuada e respirando profundamente, a bela Sara abriu os olhos e agradeceu com olhares silenciosos os cuidados bondosos. Naquele instante, porém, a oração dos dezoito parágrafos foi solenemente entoada na parte inferior da sinagoga e, dado que ninguém pode perdê-la, aquelas mulheres alvoroçadas correram de volta aos seus lugares para orar conforme está prescrito, ou seja, em pé e com o rosto voltado ao oriente, que é o ponto cardeal onde fica Jerusalém. Vögele Ochs, Schnapper-Elle e Hündchen Reiss foram as que mais tempo ficaram junto à bela Sara: as duas primeiras prestando-lhe a ajuda mais solícita e a última indagando sucessivas vezes pelos motivos que a levaram a desmaiar tão repentinamente.

Mas o desmaio da bela Sara tinha uma causa muito especial, a saber: é costume na sinagoga que alguém que tenha escapado de um grande perigo deva, depois da leitura dos trechos da Lei, apresentar-se perante todos

[16] Na verdade, a lavagem das mãos era prescrita apenas quando tocavam em algo considerado impuro.

e agradecer à Providência Divina pela sua salvação. E quando o Rabi levantou-se na ala inferior para proferir o agradecimento, a bela Sara reconheceu a voz do marido e percebeu como sua entoação foi gradativamente se convertendo no sombrio murmúrio da oração para os mortos; ela ouviu os nomes das pessoas queridas e dos familiares, acompanhados ainda por aquela palavra de bênção que se confere aos mortos. E a última esperança desapareceu da alma da bela Sara; e a sua alma foi dilacerada pela certeza de que as pessoas queridas e os familiares haviam sido realmente assassinados, que sua pequena sobrinha estava morta, que também suas priminhas Blümchen e Vögelchen estavam mortas, que também o pequeno Gottschalk estava morto – todos assassinados, todos mortos! E a dor causada pela consciência desse fato foi tamanha que ela própria teria morrido se um desmaio benfazejo não tivesse se derramado pelos seus sentidos.

TERCEIRO CAPÍTULO

Quando a bela Sara, após o término do ofício divino, desceu ao pátio da sinagoga, o Rabi já estava lá esperando por ela. Saudou-a com semblante sereno e a conduziu à rua, onde o silêncio anterior já havia desaparecido completamente e se podia observar agora uma fervilhante e ruidosa multidão. Um formigueiro de capas negras e barbas; reluzentes mulheres esvoaçando como escaravelhos dourados; meninos em roupas novas conduzindo os livros litúrgicos dos mais velhos; e as meninas menores, que não tinham permissão de ir à sinagoga, deixavam agora suas casas, corriam saltitando ao encontro dos pais e inclinavam os cachinhos diante destes para receber a bênção: todos alegres e contentes, percorrendo a rua de cima a baixo na deliciosa expectativa de um bom almoço, cujo cheiro suave, de pôr água na boca, já se levantava das panelas escuras e marcadas a giz, que as criadas sorridentes iam buscar no grande fogão comunitário.

Nesse tumulto todo, chamava especialmente a atenção a figura de um cavaleiro espanhol, em cujos jovens traços fisionômicos pairava aquela encantadora palidez que as mulheres atribuem de costume a uma infelicidade amorosa e os homens, ao contrário, a um amor feliz. Embora bamboleando com indiferença, o seu andar tinha uma graciosidade calculada; as penas de seu barrete movimentavam-se mais com o elegante balanço da cabeça do que pelo sopro do vento; suas esporas douradas tilintavam mais do que seria necessário, e assim também a bainha de sua espada, que ele parecia estar empunhando e cujo cabo resplandecia em meio à branca capa de cavaleiro que, embora aparentasse envolver com displicência seus membros esguios, denunciava o mais cuidadoso pregueado. De quando em quando – em parte com curiosidade, em parte com maneiras de entendido – aproximava-se das mulheres que passavam, fixava um olhar tranquilo em seus rostos, demorava-se na contemplação quando as fisionomias valiam a pena, dizia também algumas ligeiras lisonjas a mais de uma meiga criança e continuava a caminhar despreocupadamente, sem esperar o efeito de suas palavras. Já desde algum tempo ele vinha rondando a bela Sara, sendo rechaçado a cada vez pelo seu olhar imperioso ou pelo sorriso enigmático do marido, até que por fim, sacudindo orgulhosamente de si todo acanhamento desajeitado, postou-se atrevido no caminho dos dois e com garrida segurança fez o seguinte discurso, em tom docemente galante:

"*Señora*, eu juro! Escutai, *señora!* Juro pelas rosas das duas Castelas, pelos jacintos aragoneses e pelas flores de romã da Andaluzia! Pelo sol que ilumina a Espanha inteira com todas as suas flores, cebolas, ervilhas, florestas, montanhas, mulas, cabritos e velhos cristãos! Pela abóboda celeste, onde o sol não passa de um tufo dourado! Por Deus, que do alto dessa abóbada medita dia e noite na criação das mais graciosas figuras femininas... Eu juro, *señora*, sois a mais bela mulher que já vi em terras alemãs e se estiverdes disposta a aceitar meus serviços, então vos peço que me concedeis a graça, a honra e a permissão de nomear-me vosso cavaleiro e trazer vossas cores no escárnio e na dignidade".

Uma expressão de dor enrubesceu o semblante da bela Sara e, com um olhar tanto mais pungente quanto mais suaves os olhos, num tom tanto mais aniquilador quanto mais mansa e trêmula a voz, respondeu a mulher profundamente ferida:

"Nobre Senhor! Se quiserdes ser meu cavaleiro, tereis de lutar contra povos inteiros, e nessa luta há pouca gratidão e ainda menos honra a conquistar! E se quiserdes mesmo ostentar minhas cores, então tereis de pregar anéis amarelos em vossa capa ou cingi-la com uma faixa listrada de azul: pois essas são as minhas cores, as cores de minha casa – dessa casa tão miserável que se chama Israel e é escarnecida nas ruas pelos filhos da fortuna!"

Um repentino rubor cobriu as faces do espanhol, um infinito constrangimento se apoderou de seus traços e, quase gaguejando, ele disse por fim:

"*Señora*... Vós me entendestes mal... uma brincadeira inocente... mas, por Deus, não quis escarnecer de Israel... eu próprio descendo da casa de Israel... meu avô era judeu, talvez até mesmo meu pai..."

"E com toda certeza, *señor*, o vosso tio é judeu" – interrompeu-o bruscamente o Rabi, que até aqui tinha observado tranquilamente a cena, e acrescentou com um olhar alegre e zombeteiro: "e eu mesmo posso garantir que *Don* Isaac Abarbanel, sobrinho do grande rabi, é um rebento do melhor sangue de Israel, quando não da própria estirpe real de Davi".[1]

Sob a capa do espanhol tilintou então a bainha da espada, suas faces empalideceram até a extrema lividez, desenhando-se nos lábios uma renhida luta entre sarcasmo e dor, os olhos parecendo expedir um ódio mortal – e num tom de voz completamente alterado, gélido e cortante, ele disse:

"*Señor* Rabi! Vós me conheceis. Pois bem, então sabeis também quem sou eu. E se a raposa sabe que eu pertenço à linhagem do leão, então ela irá se precaver e não vai querer arriscar a pele provocando minha cólera! Pois como haveria a raposa de julgar o leão? Somente aquele que sente como o leão pode compreender suas fraquezas..."[2]

"Oh, eu as compreendo muito bem" – respondeu o Rabi, e uma melancólica gravidade cobriu sua fronte –, "eu compreendo muito bem que o leão, por orgulho, se

[1] Com a expressão "o grande rabi" a personagem de Heine refere-se a Isaac (Jizchak) Abarbanel (1437–1508), erudito sefardita e estadista bastante conceituado em sua época. Como conselheiro financeiro, colocou-se a serviço dos regentes de Portugal, Castela, Nápoles e Veneza, tendo redigido também importantes comentários sobre o Antigo Testamento e escritos messiânicos. Após fracassar na tentativa de impedir a expulsão dos judeus da Espanha (1492), ele próprio abandonou esse país para dedicar-se aos estudos. Seu terceiro filho, chamado Samuel, converteu-se ao cristianismo, mas a existência de um sobrinho, como apresenta a ficção de Heine, não é historicamente comprovada.

[2] A família Abarbanel pretendia descender em linha direta do próprio rei Davi e, por isso, a metáfora do leão alude a feitos relatados pelo jovem Davi ao rei Saul, entre os quais ter perseguido e matado leões que tentavam arrebatar ovelhas de seu pai (Primeiro Samuel, 17–34). Sagrado rei, Davi tomou o leão como um de seus emblemas.

desfaça de sua pele principesca e se disfarce com a colorida couraça de um crocodilo só porque agora é moda ser um crocodilo manhoso, astuto e voraz! O que não vão fazer os animais menores se o leão está se negando a si próprio? Mas, toma cuidado, *Don* Isaac, tu não foste feito para o elemento do crocodilo. A água – tu sabes muito bem do que estou falando – é a tua desgraça e nela irás soçobrar.[3] O teu reino não está na água; nesse elemento, a mais fraca truta pode prosperar melhor do que o rei da selva. Tu te lembras ainda de como os redemoinhos do Tejo queriam engolir-te..."

Irrompendo subitamente em sonora gargalhada, *Don* Isaac abraçou fortemente o Rabi, cobriu sua boca de beijos e, assustando os judeus que por ali circulavam com os saltos inflamados que dava com suas esporas tilintantes, exclamou por fim em seu tom naturalmente afável e alegre:

"Verdadeiramente, tu és Abraão de Bacherach! E foi não apenas uma coisa engraçada como, sobretudo, um ato de amizade quando daquela vez, na ponte de Alcântara em Toledo, tu te jogaste à água, agarraste pelo topete este teu amigo que bebe bem melhor do que sabe nadar e o puxaste ao seco! Eu já estava prestes a fazer investigações bastante profundas: se realmente existem pepitas de ouro no fundo do Tejo e se os romanos tiveram razão ao chamá-lo de rio dourado. Asseguro-te que

[3] Com essas palavras, Rabi Abraão não apenas se refere ao episódio do quase-afogamento de seu velho conhecido Isaac nas águas do Tejo (que já Plínio, em sua *Naturalis historia*, descreve como um rio aurífero), mas alude também à água do batismo, como leve censura à conversão daquele ao cristianismo.

ainda hoje sinto calafrios com a simples lembrança daquela brincadeira aquática".

E, proferindo essas palavras, o espanhol se agitou como que sacudindo de si gotículas de água. O semblante do Rabi expressava, porém, o maior contentamento. Apertou repetidamente a mão de seu amigo e dizia a cada vez: "Como fico feliz!"

"Eu também fico muito feliz" – disse o outro – "há sete anos que não nos vemos; quando nos despedimos, eu ainda era um jovem fedelho, enquanto tu... tu já eras tão determinado e sério... Mas, o que se deu com a bela *doña* que te custava naquela época tantos suspiros – suspiros bem rimados, que acompanhavas com o alaúde?"

"Fala baixo! A *doña* está nos ouvindo, é a minha mulher, e tu mesmo lhe rendeste hoje uma prova de teu gosto e de teu talento poético".

Não sem um resto daquele constrangimento anterior, o espanhol cumprimentou a bela mulher e esta lamentava agora, com amável brandura, ter turbado um amigo de seu marido com manifestações de desalento.

"Ah, *señora*" – respondeu *Don* Isaac – "aquele que apanhou uma rosa com mão desajeitada não pode queixar-se dos espinhos que o feriram! Quando a estrela da tarde se reflete reluzente e dourada na torrente azul..."

"Pelo amor de Deus, eu te peço!" – interrompeu-o o Rabi – "Para com isso... Se tivermos de esperar até que a estrela da tarde se reflita reluzente e dourada na torrente azul, minha mulher morre de fome; desde ontem ela não come nada e passou nesse tempo por tantas calamidades e fadigas".

"Então vou conduzir-vos à melhor cozinha de Israel" – disse *Don* Isaac – "vou conduzir-vos à casa de minha amiga Schnapper-Elle, que fica aqui perto. Já estou sentindo o seu delicado cheiro, isto é, o cheiro da cozinha. Oh, se tu soubesses, Abraão, como esse cheiro me invoca! Desde que estou nesta cidade é ele que me atrai com tanta frequência às tendas de Jacó. O trato com o povo de Deus não é de resto nenhuma paixão minha; e, na verdade, não venho à rua dos judeus para orar, mas sim para comer... "

"Tu nunca nos amaste, *Don* Isaac... "

"É verdade" – continuou o espanhol – "eu amo a vossa cozinha muito mais que vossa fé; a esta falta o tempero certo. E a vós próprios, jamais consegui digerir-vos de todo. Mesmo em vossos melhores tempos, mesmo sob o governo de meu antepassado Davi – que fora rei de Judá e Israel – eu não teria suportado permanecer entre vós e, numa bela manhã, teria certamente escapulido da fortaleza de Sião e emigrado para a Fenícia ou para a Babilônia, onde a alegria de viver fervilhava no templo dos deuses... "

"Isaac, estás blasfemando contra o Deus único" – murmurou sombriamente o Rabi – "és muito pior do que um cristão, tu és um pagão, um idólatra... "

"Sim, eu sou um pagão, e os sombrios nazarenos obcecados pelo sofrimento me são tão repulsivos quanto os ressequidos hebreus sem alegria. Que a nossa querida senhora de Sídon, a sagrada Astarte,[4] me perdoe quando ajoelho e oro diante da dolorosa mãe do Crucificado... Só o meu joelho e a minha língua cultuam a morte, meu coração permanece fiel à vida!... "

"Mas não faças esta cara" – continuou o espanhol ao perceber quão pouco edificante seu discurso soava ao rabino. – "Não me olhes com repugnância. O meu nariz não cometeu apostasia. Certa vez, quando o acaso me trouxe a esta rua na hora do almoço e, emanando das cozinhas dos judeus, penetraram em meu nariz esses cheiros tão familiares, sobreveio-me aquela nostalgia que os nossos antepassados sentiam ao se recordarem das panelas de carne do Egito;[5] apetitosas lembranças da juventude levantaram-se em meu íntimo; em meu espírito, vi novamente aquelas carpas com o escuro molho de passas que minha tia sabia preparar de maneira tão edificante na noite de sexta-feira; revi aquela carne de carneiro refogada com alho e raiz-forte, capaz de ressuscitar os mortos; e aquelas almôndegas boiando misticamente na sopa... e minha alma derreteu-se como os tri-

[4] Astarte (ou Astartétia) é a deusa fenícia da fertilidade e a ela se vinculavam cultos de caráter fortemente sensual. Nas importantes cidades de Sídon e Tiro havia vários templos dedicados a Astarte e na antiga Babilônia era a divindade que presidia a prostituição praticada nos templos. O próprio Salomão, ao chegar na velhice, prestou-lhe culto junto com as suas muitas mulheres estrangeiras ("moabitas, amonitas, edomitas, sidônias e heteias"), o que provocou a ira de Iahweh (Primeiro Reis, 11, 1–13).

[5] Alusão às queixas que os hebreus, em determinado momento da caminhada no deserto, passaram a fazer a Moisés e Aarão: "Antes fôssemos mortos pela mão de Iahweh na terra do Egito, quando estávamos sentados junto à panela de carne e comíamos pão com fartura" (Êxodo, 16–3).

nados de um rouxinol apaixonado e desde então venho comendo na cozinha de minha amiga, *doña* Schnapper-Elle!"

Entrementes, eles chegaram a essa cozinha; a própria Schnapper-Elle estava à porta de sua casa, saudando amavelmente os visitantes da feira que entravam famintos. Atrás dela, com a cabeça apoiada em seu ombro, estava o comprido Nasenstern, que examinava curioso e amedrontado os que iam chegando. Com exagerada *grandezza*, *Don* Isaac acercou-se de nossa estalajadeira, a qual correspondia às profundas reverências do espanhol zombeteiro com infinitas mesuras. Em seguida, ele tirou sua luva direita, enrolou a mão descoberta com a ponta de sua capa, tomou a mão de Schnapper-Elle, acariciou-a lentamente com os pelos de sua barba aparada e disse:

"*Señora*! Vossos olhos competem com o ardor do sol! Contudo, embora os ovos mais duros se tornem quanto mais tempo são cozidos, o meu coração não obstante tanto mais amolece quanto mais o cozem os raios flamejantes de vossos olhos! Da gema de meu coração levanta-se adejando o alado deus Amor e busca um aconchegante ninho em vosso peito... Este peito, *señora*, com o que devo compará-lo? Em toda a criação não há uma única flor, um único fruto que se lhe iguale! É uma planta única em sua espécie! Embora a tempestade desfolhe as rosinhas mais delicadas, vosso peito é uma rosa de inverno que resiste a todas as intempéries! Embora o azedo limão, quanto mais envelhece, mais amarelo e enrugado se torne, vosso peito compete todavia com a cor e a delicadeza do mais doce ananás!

Oh, *señora*, e se a cidade de Amsterdã é tão bela como me contaste ontem, anteontem e todos os dias, o terreno sobre o qual ela repousa é mil vezes mais belo... "

O cavaleiro pronunciou essas últimas palavras com fingido acanhamento, olhando de soslaio, languidamente, para a grande imagem pendurada no pescoço de Schnapper-Elle; Nasenstern dirigiu-lhe também um olhar perscrutador, de cima para baixo, e aquele peito decantado iniciou um movimento tão turbulento que a cidade de Amsterdã balançou para lá e para cá.

"Ah!" – suspirou Schnapper-Elle – "a virtude vale mais do que a beleza. De que me adianta a beleza? Minha juventude vai passando e desde a morte do Schnapper – ele ao menos tinha belas mãos – de que me serve a beleza?"

Nisso ela tornou a suspirar e como um eco, quase inaudível, o Nasenstern suspirou atrás dela.

"De que vos serve a beleza!" – exclamou *Don* Isaac – "Oh, *doña* Schnapper-Elle, não pequeis contra a generosidade da natureza prodigiosa! Não desdenheis de seus mais elevados dons! Ela se vingaria terrivelmente. Estes olhos que insuflam vida se tornariam baços e mortiços, estes lábios graciosos se embotariam até a extrema insipidez, este corpo casto e sedento de amor se transformaria num pesado barril de sebo, a cidade de Amsterdã viria então a repousar sobre um pântano podre... "

E assim foi descrevendo, passo a passo, a efetiva aparência da Schnapper-Elle, de tal modo que a pobre mulher, cada vez mais angustiada, procurava furtar-se ao inquietante discurso do cavaleiro. Nessa situação, ficou duplamente feliz ao avistar a bela Sara e poder informar-se circunstancialmente se ela se recuperara por completo do desmaio. Com isso, enveredou por uma animada conversa em que desenvolveu tanto a sua falsa distinção quanto a sua autêntica bondade de coração; e com mais prolixidade do que inteligência, contou aquela história fatal de como ela própria quase desmaiara de medo quando chegou, a bordo de uma barcaça,[6] a Amsterdã – cidade da qual não conhecia absolutamente nada –, e o patife do carregador de malas a conduziu, não a uma hospedaria decente, mas sim a uma despudorada casa de mulheres, coisa que ela logo percebeu pelas muitas bebedeiras e insinuações imorais... e, como dito, ela teria realmente desmaiado se ao longo das seis semanas que passou naquela casa ardilosa ela tivesse ousado, por um instante sequer, fechar os olhos... "

"Por causa de minha virtude" – acrescentou ainda – "não pude ousar tal coisa. E tudo isso me aconteceu por causa da minha beleza! Mas a beleza passa e a virtude permanece".

Don Isaac já estava a ponto de elucidar criticamente os detalhes dessa história quando, felizmente, o vesgo Aaron Hirschkuh, da cidade de Homburg-sobre-o-Lahn,[7] surgiu à porta com o guardanapo branco na

[6] *Trekschuite*, no original: espécie de embarcação que homens ou cavalos puxavam por cabos a partir das margens. Na época em que se passa a narrativa era um meio de transporte muito usado nos canais holandeses.

[7] Lahn, com 245 quilômetros de extensão, é um afluente do Reno. Uma vez que *Hirschkuh* significa em alemão a fêmea do veado (*Hirsch*), Heine reforça a caracterização zoomórfica atribuindo ao vesgo Aaron a designação para boca (*Maul*) empregada apenas para animais (algo análogo a "focinho", *Schnauze* em alemão).

bocarra e reclamou irritado porque a sopa já fora servida havia algum tempo, os fregueses se encontravam todos à mesa e somente a estalajadeira estava faltando.

— — —

[*O final e os capítulos subsequentes perderam-se sem culpa do autor.*]

APÊNDICE: TRÊS ARTIGOS SOBRE O ÓDIO RACIAL

O chamado "caso de Damasco", ensejo imediato para uma série de artigos de Heine publicados no Augsburger Allgemeine Zeitung, *consiste numa acusação de assassinato ritualístico levantada em 1840 contra a comunidade judaica da capital síria. Durante vários meses, o caso ocupou a opinião pública internacional, levando a complexas negociações diplomáticas entre potências europeias, sobretudo a Áustria de Metternich e a França (governada então por Louis-Adolphe Thiers), e o Império Otomano e seus representantes no Oriente Médio.*

Já em sua época, o assunto não pôde ser inteiramente esclarecido, e várias contradições impossibilitam ainda hoje uma reconstituição mais precisa de seus detalhes e desdobramentos. No dia cinco de fevereiro de 1840, o frade capuchinho Tommaso da Sardegna desaparece misteriosamente de Damasco, onde vivia num albergue francês desde o ano de 1806. Poucos dias antes, algumas pessoas (entre as quais um comerciante turco) presenciaram, numa praça central da cidade, um violento desentendimento entre o frade e um vendedor de mulas muçulmano, durante o qual aquele amaldiçoara o Islã e o vendedor gritara sob extrema exaltação: "Esse cachorro cristão vai morrer pelas minhas mãos".

Apesar disso, o cônsul francês em Damasco, Ratti-Menton, que recebe a incumbência de apurar o caso, con-

centra as investigações no bairro judeu, onde o frade teria sido visto pela última vez. A primeira vítima dos acontecimentos é um jovem judeu, açoitado até a morte pela população açulada após afirmar ter visto o frade, pouco antes do desaparecimento, em outra parte da cidade. Vários judeus são detidos e levados à prisão local assim como ao próprio consulado francês, onde são torturados de maneira brutal. Alguns resistem à tortura, mas outros (como um idoso de oitenta anos) sucumbem; ainda outros convertem-se ao islamismo ou fazem confissões disparatadas, que acabam levando a novas prisões e torturas. Um dos torturados declara que o receptor do sangue do frade teria sido o principal rabino de Damasco, Jacob Antini, que é imediatamente preso e torturado. Não obtendo deste nenhuma confissão, as autoridades muçulmanas, manipuladas pelo cônsul francês, prendem um outro rabino, Moses Abu Afie, obrigando-o a converter-se ao islamismo.

Em etapa posterior, as investigações voltam-se às circunstâncias do desaparecimento do criado do frade Tommaso. Um muçulmano de nome Murad-el-Fallat, que trabalhara para um dos judeus incriminados, afirma ter visto o criado (amarrado e amordaçado) na casa de outro conceituado judeu damasceno, Meir Farchi, e cita como testemunha, pois também estaria presente na casa, o cidadão austríaco Isaac Piccioto, que é detido e interrogado. Piccioto, porém, apresenta um álibi consistente, confirmado por um cidadão inglês e pelo próprio cônsul da Inglaterra. Murad-el-Fallat muda então o seu depoimento e cita outros nomes de judeus. Desencadeia-se nova onda de prisões e recrudesce a perseguição à população judaica de Damasco, que contava na época cerca de trinta mil pessoas. A perseguição espalha-se para outras cidades, como Beirute e Esmirna, reforçada pela acusação (o chamado "libelo de sangue") de que os judeus, segundo a orientação de seus escritos religiosos, necessitam de sangue cristão para a preparação dos pães ázimos do Pessach. O cônsul francês providencia traduções para o árabe de velhos panfletos cristãos sobre esse suposto ritual e ordena a sua distribuição entre a população muçulmana.

Essa espiral de violência é, porém, quebrada com a corajosa intervenção do cônsul austríaco em Damasco, Anton Laurin, que protege de modo consequente o seu conterrâneo Isaac Piccioto e envia ao chanceler Metternich relatos minuciosos sobre o "horripilante interrogatório de alguns israelitas de Damasco suspeitos do assassinato do Padre Tommaso da Sardegna e de seu criado". Desenvolve também várias gestões junto ao paxá e vice-governador do Egito, Mehemet Ali, o que tem por consequência a decretação do fim das torturas e a libertação de todos os acusados. Mas outros detalhes da intervenção do cônsul Laurin, assim como do engajamento igualmente corajoso e humanitário do advogado francês Isaac Adolphe Crémieux, são apresentados nos artigos de Heine.

Do tradutor

PARIS, 7 DE MAIO DE 1840

Os jornais parisienses de hoje trazem um relato que o cônsul austríaco em Damasco enviou ao cônsul-geral da Áustria em Alexandria a respeito dos judeus damascenos, cujo martírio faz lembrar os tempos mais tenebrosos da Idade Média. Enquanto nós, aqui na Europa, tomamos tais contos da carochinha sobre os judeus apenas como assunto poético e nos deleitamos com aquelas sagas horripilantemente ingênuas, com as quais os nossos antepassados não se angustiavam pouco;[1] enquanto aqui, entre nós, tão somente em poemas e romances se fala daquelas feiticeiras, daqueles lobisomens e judeus que necessitam do sangue de piedosas crianças cristãs para suas cerimônias satânicas; enquanto rimos e nos esquecemos disso tudo, no oriente as pessoas começam a recordar-se de maneira muito aflitiva da velha superstição e a exibir fisionomias demasiado sérias, fisionomias de ira sombria e de exasperado e mórbido tormento!

[1] O próprio fragmento *O Rabi de Bacherach* constitui um exemplo de elaboração poética desses acontecimentos – "sagas" e "contos da carochinha" (*Märchen*) sobre judeus – que Heine localizava apenas em séculos remotos e, subitamente, via apresentarem-se como realidade contemporânea no relato do cônsul austríaco Caspar Giovanni Merlato (1798–1882). Em maio de 1840, todavia, o *Rabi* era texto ainda inédito, mas o leitor deste artigo podia pensar em algumas narrativas históricas do romantismo europeu, como o romance *Ivanhoé* (1820), de Walter Scott.

Enquanto isso, o carrasco tortura e no banco de suplício o judeu confessa que, com a aproximação da festa do *Pessach*, ele precisa de sangue cristão para embeber os seus secos pães pascoais e, para essa finalidade, teria imolado um velho capuchinho. O turco é desatinado e despiciendo, colocando com prazer os seus bastões e instrumentos de tortura à disposição dos cristãos, contra os judeus acusados.[2] Pois ambas as seitas lhe são igualmente odiosas, considera a ambas como cães, chegando mesmo a conferir-lhes esse honroso nome; certamente fica contente quando o *Giaur* cristão lhe dá oportunidade de, com alguma aparência de legalidade, maltratar o *Giaur* judeu.[3] Esperai até que o paxá fique por cima e não precise mais temer a influência armada do europeu – então ele prestará ouvidos ao cão circuncidado e este irá acusar nossos irmãos cristãos, Deus sabe do quê! Hoje bigorna, amanhã malho! –

Mas para o aliado da humanidade uma coisa dessas será sempre uma estocada no coração. Manifestações desse tipo são uma desgraça, imprevisíveis são as suas consequências. O fanatismo é um mal contagiante, que se dissemina sob as mais diversas formas e por fim se desencadeia contra todos. O cônsul francês em Damasco, conde Ratti-Menton, tornou-se responsável por coisas que provocam aqui um grito generalizado de horror.[4]

[2] Ensejado pelas lutas do povo grego contra a dominação otomana (entre 1821 e 1829), Heine apresenta por vezes uma imagem bastante negativa do "turco".

[3] Giaur é a designação turca para os não-muçulmanos. A etimologia a dá como derivada do termo árabe *kafir*, "infiel".

[4] Benoît-Laurent Comte de Ratti-Menton, nascido em 1799, ingres-

Foi ele que inoculou no oriente a superstição ocidental e distribuiu entre o populacho de Damasco um panfleto em que se imputa aos judeus o assassinato de cristãos. Esse panfleto transbordante de ódio, que o conde Menton recebeu de seus amigos ideológicos com a orientação de difundi-lo, foi extraído originalmente da *Bibliotheca prompta a Lucio Ferrario,*[5] em que se afirma com toda determinação que os judeus necessitam de sangue cristão para a solenidade da festa do *Pessach.* O nobre conde resguardou-se de repetir a saga medieval vinculada a essa afirmação, isto é, que os judeus roubam hóstias consagradas para a mesma finalidade e as perfuram com agulhas até que o sangue comece a escorrer – uma infâmia que na Idade Média vinha à luz do dia não apenas mediante testemunhas juradas, mas também pelo

sou já em 1822 no serviço diplomático francês. O seu primeiro posto é em Gênova, onde trabalha por um ano (1824) como "*élève-vice-consul*". Ao longo de sua carreira – nas décadas subseqüentes Ratti-Menton tem postos em Nápoles, na Sicília, Grécia, Rússia, Síria, China, Índia e, por fim, no Peru – envolve-se várias vezes em escândalos financeiros e políticos. Segundo os "Arquivos do Ministério de Assuntos Estrangeiros" (*Archives du Ministière des Affaires Etrangères*), aposenta-se em 1861, mas não há informação sobre a data de sua morte.

5 Trata-se da obra em oito volumes *Prompta Bibliotheca Canonica, Juridica, Moralis, Theologica, Ascetica, Polemica, Rubristica, Historica,* publicada em 1706 por Lucius Ferrari, provincial da ordem dos franciscanos e conselheiro da Inquisição. A obra compendiava centenas de resoluções e decisões da Igreja e apresentava também inúmeros acontecimentos de cunho religioso. No verbete "Hebraeus" trazia, entre outras histórias, a suposta tentativa empreendida sem sucesso por um judeu em Brandenburgo de perfurar uma hóstia consagrada, o que provocou, junto com outras acusações, a morte na fogueira de quarenta judeus.

fato de que uma auréola brilhante se expandia sobre a casa judia em que uma dessas hóstias roubadas era crucificada. Não, os infiéis, os maometanos jamais teriam acreditado em algo semelhante e assim o conde teve de buscar refúgio, no interesse de sua missão, em histórias menos mirabolantes. Estou dizendo no interesse de sua missão, e entrego essas palavras à mais ampla reflexão. O senhor conde está apenas há pouco tempo em Damasco; seis meses atrás, ele era visto aqui em Paris, a forja de todas as confraternizações progressivas, mas também de todas as retrógradas. – O atual ministro dos assuntos exteriores, o senhor Thiers, que recentemente procurou impor-se não apenas como homem da humanidade, mas até mesmo como um filho da Revolução, dá mostras no tocante aos acontecimentos de Damasco de uma estranha complacência.[6] De acordo com a edição de hoje do "Moniteur" um *vice-cônsul* já deve ter partido para Damasco a fim de investigar o comporta-

[6] Desde a publicação de sua *História da Revolução Francesa* (*Histoire de la Révolution Française*, 1823 – 27), Louis-Adolphe Thiers (1797–1877) procurou estilizar-se como "filho e herdeiro" da Revolução. Heine reporta-se às atas de um discurso que Thiers pronunciou na câmara em 24 de março de 1840: "Não vos esqueçais, senhores, vós representais uma revolução [...]. É necessário amá-la, respeitá-la, acreditar na legitimidade de sua meta, em sua perseverança nobre, em sua força invencível, para representá-la com dignidade, com confiança. De minha parte, senhores, sou filho dessa revolução, sou o mais humilde de seus filhos... (Risos e murmúrios.)" *Ne oubliez pas, Messieurs, vous représentez une révolution* [...]. *Il faut l'aimer, la respecter, croire à la légitimité de son but, à sa noble persévérance, à sa force invencible, pour la représenter avec dignité, avec confiance. Pour moi, Messieurs, je suis enfant de cette révolution, je suis le plus humble de ses enfants...* (Rires et Murmures.)

mento do *cônsul* francês nessa cidade.[7] Um vice-cônsul! Certamente um funcionário subordinado proveniente de uma paisagem ideológica vizinha, sem nome e sem o respaldo de independência apartidária!

[7] O *Moniteur Universel* de sete de maio de 1840 trazia essa informação reportada por Heine: "O governo acaba de enviar um vice-cônsul a Damasco com a missão de colher informações sobre o assassinato do padre Tomás e tudo o que se vincula a esse infeliz acontecimento". *Le Gouvernement vient d'envoyer un vice-consul à Damas, avec la mission de prendre des informations sur l'assassinat du père Thomas, et sur tout ce qui rattache à ce malheureux évènement.*

PARIS, 27 DE MAIO DE 1840

A RESPEITO da sangrenta questão de Damasco, jornais do norte da Alemanha ofereceram diversas informações, as quais – datadas em parte de Paris, em parte de Leipzig, mas todas provenientes da mesma pena e elaboradas no interesse de uma certa *clique* – têm o objetivo de confundir a opinião pública alemã.[1] Não vamos enfocar aqui a personalidade e nem os motivos daquele que as redigiu e abstenhamo-nos também de toda investigação concernente aos acontecimentos de Damasco; vamos nos permitir apenas algumas observações corretivas quanto àquilo que, em relação a esses mesmos acontecimentos, foi dito sobre a imprensa e os judeus parisienses. Mas também no âmbito dessa tarefa, o que nos move é mais o interesse da verdade do que o das pessoas; e no que diz respeito aos judeus locais, é bem possível que o nosso testemunho fale antes contra eles do que a seu favor. – Pois, verdadeiramente, nós iríamos antes enaltecer do que repreender os judeus de Paris se eles, como anunciaram os mencionados jornais do norte da Alemanha, tivessem demonstrado tão grande zelo em

1 Heine alude a artigos do jornalista Richard Otto Spazier (1803–1854), que escrevia como correspondente em Paris para jornais alemães, em especial o Jornal de Leipzig (*Leipziger Allgemeine Zeitung*). Nos artigos em questão Spazier reproduzia habilmente insinuações antissemitas que circulavam em Paris; também defendia a postura passiva de Thiers em relação aos acontecimentos de Damasco.

prol dos seus desgraçados irmãos de fé em Damasco e, desse modo, não tivessem medido esforços financeiros para salvar a honra de sua religião difamada. Mas não é esse o caso. Os judeus na França estão emancipados há um tempo já demasiado longo para que os vínculos étnicos não se mostrassem agora bastante frouxos;[2] esses vínculos submergiram quase que por completo – ou, melhor dito – emergiram e se dissolveram na nacionalidade francesa. Eles são exatamente tão franceses como todos os demais e, portanto, também são acometidos por veleidades de entusiasmo que duram 24 horas e, quando o sol está quente, até mesmo três dias![3] – E isso é válido para os melhores. Muitos entre eles ainda praticam o cerimonial judaico, o culto exterior, mas mecanicamente, sem saber por que o fazem, apenas por costume antigo; não há o menor vestígio de crença íntima, pois na sinagoga, tanto quanto na igreja cristã, o ácido espirituoso da crítica voltairiana atuou de maneira devastadora. Entre os judeus franceses, o ouro é, como entre os demais franceses, o deus do dia e a indústria é a religião dominante. Nesse sentido, os judeus locais poderiam ser divididos em duas seitas: na seita da *rive droite* e na seita da *rive gauche*. É que esses nomes se referem às duas linhas ferroviárias que, uma ao longo da margem direita do Sena e a outra estendendo-se pela

[2] A emancipação dos judeus franceses data já de 1791, quando adquirem os direitos civis dos demais cidadãos. As constituições de 1814 e 1830 garantiram a rabinos remuneração do Estado francês.

[3] Alusão à revolução parisiense de julho de 1830, ocorrida entre os dias 27 e 29. Também em outros textos, Heine sugere que o entusiasmo revolucionário dos franceses dependia diretamente do tempo.

margem esquerda, levam a Versalhes, sendo dirigidas por dois famosos rabinos das finanças, os quais divergem e querelam entre si do mesmo modo como outrora Rabi Samai e Rabi Hillel na antiga Babilônia.[4]

Temos de fazer justiça ao grão-rabino da *rive droite*, o barão Rothschild, e declarar que ele deu mostra de uma simpatia mais nobre pela casa de Israel do que o seu antagonista versado nas escrituras, o grão-rabino da *rive gauche*, o senhor Benoit Fould, o qual, enquanto os seus irmãos de fé eram torturados e estrangulados na Síria sob incitamento de um cônsul francês, ostentava a inabalável paz de espírito de um Hillel ao pronunciar alguns belos discursos na câmara dos deputados franceses sobre a conversão dos proventos e a taxa de desconto bancário.[5]

O interesse que os judeus daqui demonstraram pela

[4] Os dois rabinos mencionados – Samai (ou Shammai), e Hillel, o Velho (ou Hillel, o Babilônico) – viveram por volta do início da era cristã. Figuras de alto relevo na tradição judaica, Samai praticava uma exegese mais rigorosa da lei judaica, enquanto o seu oponente Hillel assumia posições moderadas, tendo também introduzido procedimentos hermenêuticos na interpretação do Antigo Testamento. Quanto às duas linhas ferroviárias mencionadas por Heine, a da margem direita do Sena, financiada pelo barão Rothschild, foi inaugurada a dois de agosto de 1838. A da margem esquerda só entrou em operação em 1841, mas Benoit Fould já havia vencido a concorrência para a sua construção em 1837.

[5] Esse juízo negativo sobre o financista e político Benoit Fould, cuja esposa tinha vínculos de parentesco com Heine, será abrandado num artigo posterior, datado de três de junho de 1840. Sob o ensejo de um discurso pronunciado por Fould na câmara dos deputados de Paris, Heine escreve então que a "interpelação do senhor Benoit Fould dá testemunho de grande inteligência e dignidade".

tragédia de Damasco se reduz a manifestações bastante irrelevantes. O consistório israelense reuniu-se e deliberou à maneira morna de todas as corporações; o único resultado dessas deliberações foi a opinião de que as atas do processo devem ser apresentadas à opinião pública.[6] O senhor Cremieux, o famoso advogado que a todo tempo dedica sua generosa eloquência não apenas aos judeus, mas também aos oprimidos de todas as confissões e de todas as doutrinas, encarregou-se da publicação acima mencionada; e, com exceção de uma bela mulher e de alguns jovens eruditos, o senhor Cremieux é certamente o único em Paris que se incumbiu efetivamente da causa de Israel.[7] Sob sacrifício extremo de seus interesses pessoais, desprezando toda perfídia insidiosa, ele se contrapôs com destemor às insinuações detestáveis e até mesmo se ofereceu a viajar para o Egito, caso o processo dos judeus damascenos venha a ser le-

[6] Esse *Consistoire central israélite de France* foi criado em 1808 por Napoleão Bonaparte e tinha por finalidade oferecer garantia estatal às atividades relacionadas ao culto judaico na França.

[7] A "bela mulher" a que se refere Heine é Betty Rothschild, esposa do barão Rothschild. Isaac Adolphe Crémieux (1796–1880), com quem Heine trava contato pessoal pouco depois da publicação deste artigo, tornou-se conhecido na França já em 1819, ao defender com sucesso três jovens acusados de cantar publicamente, em pleno período da Restauração, a *Marseillaise*, o hino da Revolução. Após o seu corajoso engajamento no caso de Damasco, resumido por Heine, Crémieux continua dedicando-se a causas liberais e humanitárias. Quando em 1860 os cristãos são perseguidos no Líbano, Crémieux propõe a fundação de um comitê judeu de ajuda humanitária para perseguidos de todas as religiões e de todas as nacionalidades. Defendeu também os militantes socialistas Louis Blanc e Pierre Leroux em processos políticos.

vado nesse país diante do tribunal do paxá Mehemet Ali.[8]

O autor pouco fidedigno dos relatos nas mencionadas folhas do norte da Alemanha, também do "Jornal de Leipzig" [*Leipziger Allgemeine Zeitung*], insinua com uma pérfida observação lateral que o senhor Cremieux publicou como anúncio, desembolsando o valor correspondente, a réplica com que ele soube neutralizar os falsos relatos das missões cristãs publicados nos jornais parisienses. Sabemos de fonte segura que as redações dos jornais se declararam prontas a publicar aquela réplica, sem cobrar taxa alguma, caso se quisesse esperar alguns dias; e somente diante da exigência de impressão a mais rápida possível, algumas redações calcularam os custos de uma edição suplementar – custos que, na verdade, não são de grande monta em se considerando o poder financeiro do consistório israelense. O poder financeiro dos judeus é de fato imenso, mas a experiência ensina que bem maior ainda é a sua avareza. Um dos membros mais bem conceituados do dito consistório – ele é conceituado, a saber, em cerca de trinta milhões de francos –, o senhor W. de Romilly, não daria talvez nem cem francos se fosse solicitado a contribuir com uma coleta para a salvação de toda a sua

[8] Mehemet (ou Mohammed) Ali (1769–1849), vice-governador do Egito de 1805 até 1848. Graças à sua participação oportunista nas guerras de libertação do povo grego (primeiro aliado, depois adversário dos turcos), conquistou a Síria, que se encontrava sob domínio otomano, em 1833. Mehemet Ali é o fundador da dinastia que governou o Egito até 1953.

estirpe.[9] Trata-se de uma invenção antiga, deplorável, mas ainda não desgastada, quando se atribuem àquele que ergue a sua voz em defesa dos judeus os motivos financeiros mais espúrios; estou convencido de que Israel jamais soltou dinheiro sem que os seus dentes fossem arrancados com violência, como no tempo dos Valois.[10] Não faz muito tempo, enquanto folheava a *Histoire des Juifs* de Basnage,[11] tive de rir do fundo do coração em virtude da ingenuidade com que o autor, acusado pelos seus adversários de ter recebido dinheiro dos judeus, defendia-se de tais acusações; acredito em cada uma de suas palavras quando ele acrescenta melancolicamente: "*Le peuple juif est le peuple le plus ingrat qu' il y ait au monde!*"[12] É claro que aqui e ali há exemplos de que a vaidade soube abrir os obstinados bolsos dos judeus, mas nesses casos a sua liberalidade se mostrou mais repulsiva do que a sua sovinice. Um antigo fornecedor

[9] O banqueiro Worms de Romilly, presidente do consistório israelense entre 1824 e 1843, era considerado especialmente avaro e implacável com os seus devedores.

[10] A situação dos judeus na França durante o século XIV caracteriza-se por uma alternância de expulsões e repatriações, sendo que a autorização para permanecerem no país sempre esteve ligada a interesses econômicos. Expulsos da França em 1306, os judeus puderam retornar em 1315; novamente banidos em 1323, foram chamados de volta em 1359, sob o domínio da dinastia dos Valois, que se estendeu de 1328 a 1589. No governo de Carlos VI (1380–1422), dessa mesma dinastia, foram definitivamente expulsos em 1394.

[11] Essa obra em quinze volumes de Jacques Basnage, *Histoire des Juifs depuis Jésus-Christ jusqu'à présent*, é também uma das fontes utilizadas por Heine para a redação do *Rabi de Bacherach*. Foi publicada na Holanda entre 1706 e 1716.

[12] "O povo judeu é o povo mais ingrato que há no mundo."

prussiano que, aludindo ao seu nome hebreu Moses (é que Moses significa em alemão "tirado da água", em italiano "*del mare*"), assumiu o nome mais sonoro, correspondente à forma italiana, de um barão Delmar – este prussiano fundou aqui há algum tempo um instituto educacional para jovens aristocratas empobrecidas, disponibilizando para essa finalidade mais de um milhão e meio de francos; uma ação nobre, que no Faubourg Saint-Germain lhe foi levada em tão alta conta que lá mesmo as *douairières* de orgulho mais antigo e as senhoritas mais impertinentemente jovens já não troçam dele de maneira ostensiva.[13] Será que esse nobre da estirpe de Davi contribuiu com apenas um centavo para uma arrecadação em prol dos interesses dos judeus? De minha parte, posso garantir que um outro barão tirado da água, que no nobre Faubourg faz as vezes de *gentilhomme catholique* e de grande escritor, não atuou pelos companheiros de linhagem nem com o seu dinheiro nem com a sua pena.[14] Nesse ponto eu tenho de fazer uma observação, talvez a mais amarga de todas. Entre os judeus convertidos há muitos que, por hipocrisia covarde, discursam sobre Israel com maledicência ainda maior do que a de seus inimigos natos. Desse mesmo modo, certos escritores costumam, para não lembrar a

[13] *Douairière* significa uma viúva de alta posição social. O financista e barão Delmar – Ferdinand Moritz Levy Baron von Delmar (1782–1858) – reagiu com várias ameaças à menção de seu nome neste artigo de Heine.

[14] Heine alude aqui a Ferdinand de Eckstein, que gozou de grande prestígio na corte de Luis XVIII (1814 a 1824) e que assumiu em 1826 a direção da revista *Le Catholique*.

própria origem, ou falar muito mal dos judeus ou não falar absolutamente nada. É esse um fenômeno conhecido, deploravelmente ridículo. Mas pode ser útil chamar especialmente agora a atenção do público para esse fato, uma vez que não apenas nas mencionadas folhas do norte da Alemanha, mas também num jornal muito mais importante se pôde ler a insinuação de que tudo o que foi escrito em favor dos judeus damascenos teria fluido de fontes judaicas, como se o cônsul austríaco em Damasco fosse judeu, como se todos os demais cônsules nessa cidade, à exceção do francês, fossem puros judeus.[15] Conhecemos essa tática, nós já a experimentamos por ocasião da Jovem Alemanha.[16] Não, todos os cônsules de Damasco são cristãos, e que o cônsul austríaco nessa cidade nem sequer tenha qualquer origem

[15] Num artigo publicado no Jornal de Leipzig em maio de 1840, Spazier escreve tratar-se de um fato comprovado que "com exceção do cônsul francês em Damasco, acusado com tanta veemência de parcialidade, o senhor Merlato, assim como quase todos os demais cônsules das potências européias na Síria – da Rússia, Dinamarca, Prússia etc. – são igualmente israelitas". No entanto, em artigo datado de quatro de junho Spazier admite que "o senhor Merlato não é israelita, mas sim, como o senhor Laurin, cristão e funcionário austríaco".

[16] A expressão "Jovem Alemanha" (*Junges Deutschland*) designa um grupo de literatos e publicistas que se caracterizavam por posições bastante críticas à política alemã contemporânea. O principal oponente da "Jovem Alemanha" foi Wolfgang Menzel (1798–1873), contra quem Heine publicara em 1837 o livro *Sobre o denunciante*. Heine era o único membro desse movimento com origem judaica, mas mesmo assim Menzel escreveu em outubro de 1835 que era necessário passar a designar a "Jovem Alemanha" de "Jovem Palestina".

judaica, isso nos garante exatamente a maneira franca e destemida com que ele assumiu a proteção dos judeus perante o cônsul francês; – e o que este último é, isto o tempo irá mostrar.

PARIS, 25 DE JULHO DE 1840

NOS TEATROS dos *boulevards* parisienses a história de Bürger, o poeta alemão, está sendo apresentada agora como tragédia. Nós vemos então como ele, escrevendo a "Leonore" sob o luar, vai cantando: *Hurra! les morts vont vite – mon amour, crains-tu les morts?*[1] Trata-se efetivamente de um bom refrão e vamos antepô-lo ao nosso artigo de hoje, relacionando-o de forma a mais íntima com o ministério francês. – De longe o cadáver do gigante de Santa Helena vem marchando e se aproximando cada vez mais ameaçadoramente, em alguns dias abrem-se os túmulos também aqui em Paris e os ossos insatisfeitos dos heróis de julho vêm para fora e dirigem-se para a praça da Bastilha, aquele lugar aterrorizante em que os fantasmas de *anno* de 89 continuam a rondar...[2] *Les morts vont vite – mon amour, crains-tu les morts?*

[1] No dia 11 de julho de 1840 estreou em Paris, no *Gymnase Dramatique*, a peça *Lénore*, de Jean-August-Jules Loiseleur (1816–1900), que mistura o assunto da célebre balada "Lenore" (1773) com a biografia de seu autor, o poeta Gottfried August Bürger (1747–1794). O refrão citado diz: "Hurra! os mortos vão rápido – meu amor, tens medo dos mortos?" (No original alemão: *Hurra! die Toten reiten schnell! / Graut Liebchen auch vor Toten?*)

[2] Em julho de 1840, François-Ferdinand d'Orléans, príncipe de Joinville, parte para a ilha de Santa Helena com a finalidade de repatriar os restos mortais de Napoleão Bonaparte. No dia 28 deste mesmo mês, os restos mortais de 504 revolucionários que tombaram durante o le-

Estamos, de fato, muito atemorizados com a iminência dos dias de julho que, neste ano, serão comemorados de maneira especialmente pomposa – mas também pela última vez, como se acredita; não é todo ano que o governo pode tomar sobre os ombros um fardo tão terrível. Nesses dias a excitação será tão mais intensa quanto mais familiares e afins forem os sons que se propagam da Espanha para cá, quanto mais ásperos os detalhes do levante de Barcelona, onde os assim chamados miseráveis se arrojaram até o mais grosseiro insulto contra a majestade.[3]

Enquanto no ocidente a guerra de sucessão termina e a verdadeira guerra revolucionária se inicia, no oriente os assuntos vão se emaranhando num novelo inextricável. A revolta na Síria coloca o ministério francês no mais extremo embaraço.[4] Por um lado ele quer, com

vante de julho de 1830 são transladados para a *Place de la Bastille* e sepultados solenemente junto ao seu pedestal da *Colonne de Juillet*.

[3] Heine alude a desdobramentos da guerra civil espanhola, que eclode logo após a morte do rei Fernando VII, em setembro de 1833. Entram em choque então, na luta pela sucessão, os absolutistas, liderados por Dom Carlos (irmão do rei) e os moderados, em torno da rainha Maria Cristina, regente durante a minoridade de sua filha Isabel. Com o apoio de tropas inglesas, os moderados conseguem prevalecer, mas focos da resistência carlista se verificam até 1840 na Catalunha e Aragão. Medidas impopulares anunciadas pela rainha regente em julho de 1840 levam ao levante de Barcelona, sobre o qual o *Moniteur* parisiense trazia o seguinte relato, reproduzido no *Jornal de Augsburgo*, para o qual escrevia Heine: "Na noite de 18 de julho eclodiu uma revolta sangrenta e o poder militar, que se subtraiu à autoridade dos ministros, nada fez para impedir a desordem. [...] Barcelona encontra-se na mais extrema agitação. A rainha regente foi ofendida com toda grosseria".

[4] Notícias de que Mehemet Ali decretaria um recrutamento obriga-

toda a sua influência, apoiar o poderio do paxá do Egito; por outro lado, ele não pode desautorar inteiramente os maronitas, os cristãos do monte Líbano que plantaram a bandeira da indignação. Pois esta bandeira é a tricolor francesa, por meio da qual os rebeldes querem se apresentar como pertencentes à França, acreditando ainda que ela apóia Mehemet Ali apenas nas aparências, mas em segredo atiça os cristãos sírios contra o domínio egípcio. Até que ponto eles estão autorizados a supor tal coisa? Será que a situação é mesmo como se afirma, isto é, será que alguns dirigentes do partido católico tramaram, sem conhecimento prévio do governo francês, uma insurreição dos maronitas contra o paxá, na esperança de que se poderia então, com o enfraquecimento dos turcos, implantar um reino cristão após a expulsão dos egípcios da Síria? Essa tentativa inoportuna e, ao mesmo tempo, tão piedosa irá desencadear muita desgraça por lá. Mehemet Ali indignou-se a tal ponto com a deflagração da revolta síria que passou a agir como um animal selvagem, não intencionando nada menos do que o aniquilamento de todos os cristãos no monte Líbano. Tão somente as considerações do cônsul-geral da Áustria conseguiram demovê-lo desse plano desumano, e é a esse homem magnânimo que milhares de cristãos devem a vida, enquanto o paxá tem ainda mais o que lhe agradecer: esse cônsul salvou o seu nome da vergo-

tório na Síria levaram as facções cristãs dos maronitas (e uma parcela dos drusos) à sublevação a que alude Heine. Os maronitas, estreitamente ligados à igreja católica e influenciados pela política francesa, constituíam o único grupo étnico no mundo islâmico com autorização para portar armas e reivindicavam a criação de um estado cristão.

nha eterna.[5] Mehemet Ali não é insensível ao prestígio de que goza no mundo civilizado e o senhor von Laurin desarmou a sua ira pintando-lhe de maneira muito especial as antipatias que ele faria recair sobre si, em toda a Europa, com o assassinato dos maronitas, para prejuízo extremo de seu poder e de sua glória.

Desse modo, o velho sistema de extermínio dos povos vai sendo banido aos poucos do oriente por meio da influência europeia. Também os demais direitos do indivíduo quanto à própria existência vão alcançando por lá reconhecimento cada vez maior e notadamente as crueldades da tortura irão ceder lugar a um processo criminal mais brando. É a sangrenta história de Damasco que irá gerar esse último resultado e, nesse sentido, a viagem do senhor Cremieux à Alexandria deverá ser registrada nos anais da humanidade como significativo evento. Este famoso e culto jurista, que se encontra entre os homens mais celebrados da França e sobre quem eu tracei anteriormente algumas considerações, já deu início à sua peregrinação verdadeiramente devota, acompanhado da esposa que quis compartilhar todos os perigos que ameaçam o seu marido. Que esses perigos – que talvez pretendam apenas amedrontá-lo e desviá-lo do nobre caminho que começou a trilhar – sejam tão pequenos como aqueles que os engendram! Este advogado dos judeus está de fato defendendo ao mesmo tempo a causa de toda a humanidade. Não se

[5] Como se depreende desta passagem, a política de defesa dos direitos humanos praticada pelo cônsul austríaco Anton von Laurin (1789–1869) o leva a intervir tanto a favor dos judeus como dos cristãos.

trata de nada menos do que introduzir também no oriente o sistema europeu em processos criminais. O processo contra os judeus damascenos começou com a tortura; não chegou ao fim, já que um súdito austríaco foi denunciado e o cônsul desse país se contrapôs à sevícia daquele. O processo deve agora ser novamente instruído, sem os suplícios de praxe, sem aqueles instrumentos de tortura que arrancam dos acusados as declarações mais disparatadas e intimidam as testemunhas. O cônsul-geral em Alexandria está movendo céus e terras para sabotar essa nova instrução do processo; pois sobre o comportamento do cônsul francês em Damasco poderia recair então luz demasiado forte e a imagem da França na Síria seria abalada pela ignomínia do seu representante. E a França tem planos de longo alcance com esse país, planos que datam ainda do tempo das cruzadas, que não foram abandonados nem sequer pela Revolução, planos que mais tarde estiveram na mira de Napoleão e que mesmo o senhor Thiers tem em mente. Os cristãos sírios esperam dos franceses a sua libertação e estes, por mais que se apresentem em casa como livres-pensadores, gostam todavia de passar por devotos protetores da fé católica no oriente, onde lisonjeiam a zelosa dedicação dos monges. É assim que explicamos a nós mesmos os motivos pelos quais não apenas o senhor Cochelet em Alexandria, mas até mesmo o nosso presidente de conselho, o filho da Revolução em Paris, toma o cônsul de Damasco sob a sua proteção.[6] Na ver-

[6] Como observa ironicamente Heine, o cônsul-geral francês em Alexandria, Adrien-Louis Cochelet (1788–1858) sempre interveio junto a Mehemet Ali, paxá e vice-governador do Egito, no sentido de prote-

dade, não se trata agora das altas virtudes de um Ratti-Menton ou das características ruins dos judeus damascenos – talvez não haja aqui nenhuma grande diferença, e assim como aquele é demasiado irrelevante para o nosso ódio, os últimos também o seriam para a nossa predileção – , mas se trata de sancionar a abolição da tortura no oriente por meio de um exemplo clamoroso. Por isso, os cônsules das grandes potências européias, notadamente da Áustria e da Inglaterra, encaminharam junto ao paxá do Egito uma nova instrução do processo dos judeus damascenos, mas sem admissão de tortura. E a esses cônsules talvez possa proporcionar alguma alegria maliciosa o fato de que exatamente o senhor Cochelet – o cônsul francês, o representante da Revolução e seu filho[7] – oponha-se a essa nova instrução do processo e tome assim o partido da tortura.

ger as ações do cônsul Ratti-Menton no tocante ao caso de Damasco. A ironia de Heine volta-se novamente à autoestilização de Thiers como "filho e herdeiro" da Revolução.

[7] Heine atribui agora ao cônsul-geral da França em Alexandria, Adrien-Louis Cochelet, o mesmo epíteto ("filho da Revolução") dispensado anteriormente ao ministro dos assuntos exteriores, Louis-Adolphe Thiers.

TÍTULOS PUBLICADOS

1. *Iracema*, Alencar
2. *Don Juan*, Molière
3. *Contos indianos*, Mallarmé
4. *Auto da barca do Inferno*, Gil Vicente
5. *Poemas completos de Alberto Caeiro*, Pessoa
6. *Triunfos*, Petrarca
7. *A cidade e as serras*, Eça
8. *O retrato de Dorian Gray*, Wilde
9. *A história trágica do Doutor Fausto*, Marlowe
10. *Os sofrimentos do jovem Werther*, Goethe
11. *Dos novos sistemas na arte*, Maliévitch
12. *Mensagem*, Pessoa
13. *Metamorfoses*, Ovídio
14. *Micromegas e outros contos*, Voltaire
15. *O sobrinho de Rameau*, Diderot
16. *Carta sobre a tolerância*, Locke
17. *Discursos ímpios*, Sade
18. *O príncipe*, Maquiavel
19. *Dao De Jing*, Laozi
20. *O fim do ciúme e outros contos*, Proust
21. *Pequenos poemas em prosa*, Baudelaire
22. *Fé e saber*, Hegel
23. *Joana d'Arc*, Michelet
24. *Livro dos mandamentos: 248 preceitos positivos*, Maimônides
25. *O indivíduo, a sociedade e o Estado, e outros ensaios*, Emma Goldman
26. *Eu acuso!*, Zola | *O processo do capitão Dreyfus*, Rui Barbosa
27. *Apologia de Galileu*, Campanella
28. *Sobre verdade e mentira*, Nietzsche
29. *O princípio anarquista e outros ensaios*, Kropotkin
30. *Os sovietes traídos pelos bolcheviques*, Rocker
31. *Poemas*, Byron
32. *Sonetos*, Shakespeare
33. *A vida é sonho*, Calderón
34. *Escritos revolucionários*, Malatesta
35. *Sagas*, Strindberg
36. *O mundo ou tratado da luz*, Descartes
37. *O Ateneu*, Raul Pompéia
38. *Fábula de Polifemo e Galatéia e outros poemas*, Góngora
39. *A vênus das peles*, Sacher-Masoch
40. *Escritos sobre arte*, Baudelaire
41. *Cântico dos cânticos*, [Salomão]

42. *Americanismo e fordismo*, Gramsci
43. *O princípio do Estado e outros ensaios*, Bakunin
44. *O gato preto e outros contos*, Poe
45. *História da província Santa Cruz*, Gandavo
46. *Balada dos enforcados e outros poemas*, Villon
47. *Sátiras, fábulas, aforismos e profecias*, Da Vinci
48. *O cego e outros contos*, D.H. Lawrence
49. *Rashômon e outros contos*, Akutagawa
50. *História da anarquia (vol. 1)*, Max Nettlau
51. *Imitação de Cristo*, Tomás de Kempis
52. *O casamento do Céu e do Inferno*, Blake
53. *Cartas a favor da escravidão*, Alencar
54. *Utopia Brasil*, Darcy Ribeiro
55. *Flossie, a Vênus de quinze anos*, [Swinburne]
56. *Teleny, ou o reverso da medalha*, [Wilde et al.]
57. *A filosofia na era trágica dos gregos*, Nietzsche
58. *No coração das trevas*, Conrad
59. *Viagem sentimental*, Sterne
60. *Arcana Cœlestia* e *Apocalipsis revelata*, Swedenborg
61. *Saga dos Volsungos*, Anônimo do séc. XIII
62. *Um anarquista e outros contos*, Conrad
63. *A monadologia e outros textos*, Leibniz
64. *Cultura estética e liberdade*, Schiller
65. *A pele do lobo e outras peças*, Artur Azevedo
66. *Poesia basca: das origens à Guerra Civil*
67. *Poesia catalã: das origens à Guerra Civil*
68. *Poesia espanhola: das origens à Guerra Civil*
69. *Poesia galega: das origens à Guerra Civil*
70. *O chamado de Cthulhu e outros contos*, H.P. Lovecraft
71. *O pequeno Zacarias, chamado Cinábrio*, E.T.A Hoffmann
72. *Tratados da terra e gente do Brasil*, Fernão Cardim
73. *Entre camponeses*, Malatesta
74. *O Rabi de Bacherach*, Heine
75. *Bom Crioulo*, Adolfo Caminha
76. *Um gato indiscreto e outros contos*, Saki

Edição _ Iuri Pereira e Jorge Sallum
Co-edição _ Bruno Costa
Capa e projeto gráfico _ Júlio Dui e Renan Costa Lima
Imagem de capa _ Cópia de pintura a óleo de Moritz Oppenheim, 1831
Programação em LaTeX _ Marcelo Freitas
Revisão _ Iuri Pereira
Assistência editorial _ Bruno Domingos e Thiago Lins
Colofão _ Adverte-se aos curiosos que se imprimiu esta obra nas oficinas da gráfica Vida e Consciência em 12 de junho de 2009, em papel off-set 90 gramas, composta em tipologia Walbaum Monotype de corpo oito a treze e Courier de corpo sete, em plataforma Linux (Gentoo, Ubuntu), com os softwares livres LaTeX, DeTeX, VIM, Evince, Pdftk, Aspell, SVN e TRAC.